KB148975

행복은
멀리 있는
것이
아니다

행복은 멀리 있는 것이 아니다

초판 1쇄 인쇄 _ 2019년 7월 5일
초판 1쇄 발행 _ 2019년 7월 10일

지은이 _ 김요한

일러스트 _ 강은경

펴낸곳 _ 바이북스
펴낸이 _ 윤옥초
편집팀 _ 김태윤
디자인팀 _ 이정은, 이민영

ISBN _ 979-11-5877-105-8 03810

등록 _ 2005. 7. 12 | 제 313-2005-000148호

서울시 영등포구 선유로49길 23 아이에스비즈타워2차 1005호
편집 02)333-0812 | 마케팅 02)333-9918 | 팩스 02)333-9960
이메일 postmaster@bybooks.co.kr
홈페이지 www.bybooks.co.kr

책값은 뒤표지에 있습니다.

책으로 아름다운 세상을 만듭니다. ─ 바이북스

행복은
멀리 있는
것이
아니다

김요한 지음

바이북스
ByBooks

어떤 사람이

행복을 찾아 길을 떠나기로 했다.

짚신 두어 켤레

괴나리봇짐에 매달고…

매일 밤낮을 걸어 행복을 찾아다녔다.

한참을 헤매도 찾지 못해서 집으로 돌아오는데

멀리 나의 집 싸리문 위에

행복이 웃고 있었다는….

지금 이 순간 살아있음이…

코끝을 간질이는

바람을 느낄 수 있음이…

가족의 깔깔거리는 웃음을 들을 수 있는 이 순간이

선물이고 행복인걸….

이 책을 읽으며

많은 생각을 해본다.

미소도 짓고

4

짠하기도 하고

내가 나로서

행복할 수 있는

맘의 근육을 갖는다는 건

하루아침에 이루어지는 건 아니지만

힘들었어도

지나고 나면

소중한 추억이 되고

해낸 것에 대한

대견함도 생긴다.

이 모든 것들이

지금의 나를 만들고

내가 나로서

행복함을 느낄 수 있는 것 같다.

이 책을 통해

내가 얼마나 행복한 사람인지 다시 알게 됐다.

많은 사람들이

함께 소소한 행복을

누리길 기대한다.

인순이(가수)

지금껏 나는 스스로 불행하다는 생각을 크게 해본 적도 없지만 그렇다고 늘 행복했던 것만도 아니었던 것 같다. 그래도 그저 반복되는 일과 끝에 집에 돌아온 나를 반가워하는 우리 집 강아지 '미라클'이 꼬리 치는 모습에 행복을 느꼈고, 아이들이 집에서 노래를 하거나 악기 연습을 하는 모습에 행복을 느꼈다. 아내가 정성껏 만들어주는 요리를 먹으며, 아침에 산책하며, 어르신들을 만나 밥 한 끼와 커피 한잔으로 '인생 공부'를 하며 행복하다 생각했다.

과연 내가 행복에 대한 책을 낼 자격이 있을지 의문이 들었다. 나부터 행복에 대한 정립이 딱히 되어 있지 않았던 것이다. 그러던 어느 날 두 가지 생각이 교차했다. 그중 하나는 사람들에게서 행복을 찾고자 발버둥치는 모습을 본 것이다.

인생이 안겨주는 허전함이나 허무함 속에서 우리들은 자신만의 행복을 갈급해한다. 로또에 당첨되길 희망하는 것도, 취업준비생들이 안정감과 성취감을 동시에 얻을 수 있는 일을 선호하는 것도 자신만의 행복을 찾는 모습이다. 은퇴를 앞둔 노년들이 조금 더 가치 있는 일상과 여생을 고민하는 것도 같은 모습이다. 이것은 우리나라에만 국한된 모습은 아니다. 행복을 꿈꾸고 찾아 헤매는 모습은 온 인류의 공통점이다.

두 번째로 든 생각은, 우리가 애타게 추구하는 행복을 현실화시키는 것이 사실상 어려운 것은 아니라는 점이다. 왜냐하면 사람들은 대단한 것으로부터 행복을 얻기보다는, 오히려 작은 것에서 행복을 얻는 경우가 많기 때문이다. 그래서 강도보다는 빈도가 중요하다고 하는가 보다.

행복의 크기가 중요한 것은 아니다. 네잎클로버의 꽃말은 '행운'인 반면 세잎클로버의 꽃말은 '행복'이라는 말이 있다. 나는 그런 깊은 뜻도 모른 채 어릴 때부터 네잎클로버만 귀하고 소중한 줄 알았다. 사실 흔치 않기 때문에 많은 사람들이 그렇게 생각하는 편이다. 세상은 희소한 것의 가치를 높이 쳐주기 마련이다. 네잎클로버를 찾으려면 많은 시간과 수고가 요구된다.

그런데 우리는 찾기 어려운 행운을 찾으려다 때때로 더 가까이에 있는 행복을 놓치며 사는 것은 아닐까?

그렇다면 과연 무엇이 우리를 행복하게 만들어줄까? 사실은 평범한 것들이다. 자연이든, 사물이든, 음식이든, 사람이든 우리는 가까이에 있는 것들 속에서 잔잔하고 소소한 행복감을 맛보게 되는 것 같다. 예를 들면 어린아이의 미소와 웃음소리가, 친구와 마시는 커피 한잔이 행복의 맛을 줄 수 있다. 시원한 아침 공기를 마시며 산책하는 그 시간이 행복감을 진하게 안겨줄 수 있다.

메리 하트먼은 이렇게 말한다.

삶은 작은 것들로 이루어졌네.
위대한 희생이나 의무가 아니라
미소와 위로의 말 한마디가
우리 삶을 아름다움으로 채우네.
간혹 가슴앓이가 오고 가지만
다른 얼굴을 한 축복일 뿐

시간이 책장을 넘기면

위대한 놀라움을 보여주리.

_Mary R. Hartman, 〈Life is made up of little things〉

중요한 것은 행복은 누구나 누릴 수 있는 것이라는 점이다. 언제 어디에서나 찾을 수 있다는 사실이다.

행복은 멀리 있는 것이 아니다.

3

어항 밖으로
날아간 백상어

4

아빠는 살아 있다

5

오래된 것의 아름다움

1

—

비교하면
진다

맞을래, 때릴래?

보통의 한국 엄마들은 아이가 뭔가 잘못하면 겁을 잔뜩 주면서 협박하곤 한다.

"너 맞을래, 안 맞을래?"

그러면 당연히 아이는 쫄기 마련이다. 하지만 신속하게 대답해야 된다. 미안하다고 말하든지, 두 손을 모아 싹싹 빌든지, 일단 급한 불부터 꺼야지 우물쭈물하다간 더 혼이 날 수 있다.

그런데 울 엄마는 미국 사람이다. 그래서 한국말이 완벽하지 않다. 아니, 서툴다는 표현이 더 정확한데, 그러다 보니 잊을 수 없는 추억이 있다.

어린 시절 한번은 못된 짓을 한 적이 있었다. 어른이 된 지금 무슨 짓을 했는지는 잊었는데, 나를 혼내던 엄마의 표정과 말은 정확히 기억이 난다. 엄마는 흥분한 나머지 의도했던 말을 제대로 하지 못했다.

엄마의 작은 실수가
때로는 내게 큰 위안이 되니까 말이다.

"너 맞을래, 때릴래?"

'너 맞을래, 안 맞을래?'라고 말할 의도였는데, 엉뚱한 말이 나오고 만 것이다. 나는 피식 웃음이 나오는 것을 참을 수 없었다. 그래서 이렇게 대답했다.

"때릴래!"

그제야 엄마는 자신의 실수를 눈치 챘다. 실수한 게 멋쩍었는지 진지하게 대응하지 못하고 그냥 웃어버렸다. 엄마의 실수 덕분에 난 가까스로 엄청난 위기(?)를 모면할 수 있었다.

살다 보면 참 어이없는 일도 적잖이 겪게 된다. 그런데 엄마의 어이없는 실수는 여전히 즐기는 재미가 쏠쏠하다. 엄마의 작은 실수가 때로는 내게 큰 위안이 되니까 말이다. 앞으로 엄마한테 더 잘해야겠다.

행복은 멀리 있는 것이 아니다.

대단한 초딩

어느 아이의 편지 한 통을 우연히 본 적이 있다. 설득력이 참 대단한 '초딩'이라는 생각이 들었다. 그래서 편지의 내용을 소개한다.

외할아버지, 외할머니, 외삼촌, 외숙모, 이모, 이모부께

안녕하세요. 저는 김○○입니다.

5월 17일이 제 생일입니다. 생일 선물로 레고를 받고 싶은데, 너무 비싸서 엄마가 안 사준다고 했습니다. 그래서 모금을 하고 있습니다.

각자 1만 5,000원씩만 저에게 주시면 돈을 모아 레고를 사러 갈 거예요. 모금을 해주시면 참 고맙겠습니다. 커서 꼭 갚을게요.

그럼 안녕히 계세요. 사랑합니다.

김○○ 올림

편지의 내용은 간단하다. 자신이 원하는 선물을 비싸다는 이유로 엄마가 사주지 않겠다는데, 이 아이는 포기를 모른다. 참 대단하지 않은가? 이름 모를 이 초딩 친구로부터 나는 크고 작은 교훈 몇 가지를 얻었다.

초딩 친구에게 얻은 7가지 교훈

1. 공동체 의식

여섯 명 가족 구성원이 빠져나갈 수 없는 상황을 연출하고 있다. 아이의 친척들은 모두 똑같은 편지를 받았다. 이 상황에서 가령 외할머니가 모금에 참여하면 이모는 안 할 수 없을 것이다. 남은 가족들도 서로 눈치를 보다가 참여할 수밖에 없는 거다.

2. 생일

생일이라는 코드를 잘 활용하고 있다. 어린아이의 생일 앞에서 어른은 약해질 수밖에 없다. 아이는 생일을 이용해 어른들을 자기편으로 만든다.

3. 부담 없는 금액

크지 않은 액수를 제시한다. 게다가 돈을 꼭 갚겠단다. 물론 '커서'가 도대체 언제인지, 그 집안 어르신들이 과연 그날까지 살아 계실지도 알 수 없는 일이지만.

4. 예의

예의 바른 자세를 보여준다. 인사성도 밝고, 정중하게 도와달라고 호소한다. 동시에 감사의 표시도 잊지 않는다.

5. 동정

"엄마가 안 사주겠다고 했습니다."라는 말을 통해 연민을 느끼게 한다. 좌절한 자기를 불쌍히 여겨달라는 편지를 어떻게 거부하겠는가?

6. 모금

보통 모금은 선한 일에 사용하는 것을 목적으로 한다. 때문에 참여하는 사람들에게 이 돈이 좋은 일에 사용될 거라는 믿음을 불러일으키고, 지갑도 열게 한다.

7. 전략가

아이는 대단한 전략가다. 그 전략이 꽤나 구체적이다. 편지가 온 가족에게 동시다발적으로 전달되니 성공 확률을 높일 수 있다. 참 치밀하다.

놀라운 일이다. 한 수 배웠다, 초딩 친구에게.

행복은 멀리 있는 것이 아니다.

동물보다는 높고
사람보다는 낮은 존재

가끔씩 주변에서 외국인 근로자를 만난다. 이야길 들어보면 참 사정이 딱한 경우가 많다. 낯선 이국땅에 와서 말 안 통하지, 음식 맛 다르지, 정서 다르지, 차별받지 등등 불편한 것이 이만저만이 아니다.

그렇게나 힘든 처지가 안쓰럽다가도 나 같은 혼혈이랑은 그래도 '급'이 다른 것 같다. 왜냐하면 혼혈은 그냥 혼혈이기 때문이다. 그래도 외국인 근로자는 외국'인', 즉 사람이라고 부르지 않는가? 그런데 혼혈을 보고 '혼혈인'이라고 부르는 경우는 드무니 사실상 사람 취급을 못 받는 것이다. 현재 표준국어대사전에 '혼혈인'이라는 단어가 등록되어 있기는 하나, 그 역사는 길지 않고 사실상 보편적으로 쓰인다고 보기 어렵다.

생각해보면 탈북자, 새터민, 윗동네 사람 역시 그 표현 속에

기본적으로 '사람'이라는 인식이 있음을 확인할 수 있다. 물론 윗동네 사람들의 아픔도 분명하다. 아랫동네에 오는 과정도, 온 이후의 적응 과정도 상상할 수 없을 만큼 힘겹다. 제대로 대접받지 못하는 경우도 허다하다. 그래도 같은 민족이자 같은 핏줄이기에 최소한 사람 대접은 받지 않는가.

하지만 혼혈은 차원이 다르다. 혼혈은 그냥 혼혈일 뿐 이도 저도 아니다. 그러니 설 자리조차 없는 게 현실이다. 약간 멸시받는 느낌이랄까? 좀 더 적나라하게 말하면 '똥개' 같은 취급을 받는다. 동물보다는 급을 좀 높게 쳐줄지는 몰라도 사람보다는 좀 급이 낮은 존재, 그래서 알쏭달쏭한 위치에 있는 무리들이 혼혈이 아닐까 싶다. 안타깝지만 아직은 어쩔 수 없는 현실이다.

그래도 나는 괜찮다. 내 모습 이대로가 좋기 때문이다. 그리고 이렇게 태어난 걸 내가 어찌할 수 있겠는가? 나름대로 삶의 의미를 찾아가면 되는 것이다. 사람은 적응하면서 살기 마련이니까.

그래서 나는 상관하지 않는다. 누가 뭐라고 해도 문제될 것 없다. 그렇게 스스로를 받아들이면 편해진다. 그냥 인정하고 내가 있는 삶의 현장에서 감사할 이유를 적극적으로 찾아낸다. 그게 행복한 삶이니까.

우리가 처한 처지나 환경이 '나'를 지배하게 내버려두면 지는

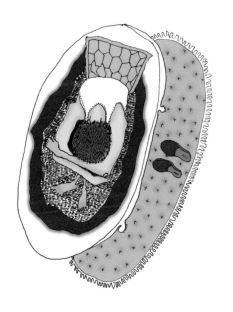

나는 상관하지 않는다.
누가 뭐라고 해도 문제될 것도 없다.
그렇게 스스로를 받아들이면 편해진다.

것이다. 그때부터 나라는 존재는 사라지고 불행해질 수밖에 없
다. 그 처지와 환경을 극복하고 내 주변을 더 아름답게 만들어야
된다. 떳떳하게, 열심히, 그리고 최선을 다해 그저 사람답게 살아
가면 될 뿐, 다른 것은 없다.

행복은 멀리 있는 것이 아니다.

1,000번밖에 안 남았어요

어느 분의 집에 초대를 받았다. 커피를 마시면서 이런저런 이
야기를 하다 보니 자연스레 집에 있는 강아지 이야기, 그리고 아
이들 이야기로 이어졌다.

그 집엔 고1 딸이 있는데, 아빠가 직접 차에 태워서 학교에 데
려다준단다. 버스로 등원이 가능한데도 굳이 아빠가 데려다준다
고 했다. 학원에 갔다가 오는 길에도 학원 차량 대신에 아빠가 데
리러간다니, 대단한 정성이다. 이런 이야기는 처음 들어봐서 좀
놀라웠다. 난 어쩌다 아이들을 어디 태워다줄 일이 생겨도 툴툴
대며 불평했는데, 속으로 부끄럽기까지 했다.

그런데 더 놀라운 이야기를 들었다. 힘들지 않느냐는 나의 물
음에 그 아빠는 이렇게 대답했다.

"앞으로 1,000번 정도밖에 안 남았어요."

앞으로 3년, 왕복으로 계산하면, 약 1,000번 남았다는 이야기

다. 몇 번가량 남았는지 그 횟수까지 세고 있다는 사실에 혀를 내두를 수밖에 없었다.

나 같으면 아이들을 매일같이 태워 등하원시킬 리도 없지만, 설사 그런다고 해도 "1,000번씩이나 남았어?"라고 말할 것이다. '1,000번밖에' 안 남았다니, 할 말이 없다.

딸바보 아빠의 사랑은 알겠지만, 속으로 '그 사랑이 지나친 거 아닌가?'라는 생각까지 스쳤다. 하지만 그것은 잠시 든 생각이고, 이내 1,000번밖에 안 남았다는 아빠의 그 말에서 진한 사랑이 전해졌다. 1,000번 끝에 그만큼 친해질 아빠와 딸의 모습을 상상하니, 어느새 미소를 머금고 있는 나를 발견할 수 있었다.

행복은 멀리 있는 것이 아니다.

2만 달러의 저주

2만 달러의 저주란 말을 들은 적이 있다. GNP 2만 달러면 결코 적은 수입이 아닌데, 거기에 '저주'란 말이 붙어 있다는 것이 사실 의미심장했다. GNP, 즉 1인당 국민 소득이 2만 달러에 못 미쳤던 시대에 행복의 조건이었던 것들이 이제는 더 이상 그렇지 않기 때문이다.

오히려 GNP가 훨씬 낮은 다른 국가의 국민들이 상대적으로 행복감을 경험하는 경우가 많다고 하지 않는가? 저들은 작고 소소한 것에서 행복을 발견하기 때문이다. 가족, 우정, 자연······ 이와 같이 돈으로는 살 수 없는 것들에서 말이다.

우리에게 있어 과거에는 재산, 학력, 스펙, 좋은 직업 등이 행복의 조건이었다. 오히려 로또로 갑작스럽게 부자가 되는 경우, 자신은 물론 사랑하는 가족들에게 피해를 주는 경우도 많지 않은가? 그러니 이러한 조건들이 이제는 오히려 불안함과 공허함을

내가 원하는 것
다 갖고 산다고 해서
더 행복해지는 세상이
아니기에 말이다.

초래하는 경우가 적지 않다. 때문에 '저주'라고 하는 것이다. 물
론 풍요로움도 중요하지만, 우리의 한계나 부족을 직시하며 사
는 지혜 또한 무시할 수 없다. 내가 원하는 것 다 갖고 산다고 해
서 더 행복해지는 세상이 아니기에 말이다.

행복은 멀리 있는 것이 아니다.

딸의 문신, 딸의 행복

요즘 대학생 큰딸이 걱정된다. 심심하면 여기저기에 문신을 하기 때문이다. 요즘 아이들은 'Body Art'라며, 문신도 일종의 예술이라고 부른다니 할 말이 없다. 더군다나 음악을 하는 아이다 보니 주변의 문화적, 환경적 영향을 받을 수밖에 없다. 그 점을 어느 정도 인정하면서도 엄마, 아빠로서는 아이가 걱정될 수밖에 없는 일이다.

'녀석, 저러다 어떻게 시집가려고……'

아이가 그 마음을 알아줄 리 없지만, 이게 아빠인 나의 솔직한 심정이다. 그래서 늘 마음을 졸이고 있는데, 문신을 또 하나 몸에 새기겠다고 했다. 그런데 황당한 것은, 아빠가 예전에 주었던 아이디어가 떠올라서 그 이미지로 문신을 한다는 이야기다. 정말 어이없었다.

"아빠가 뭔 아이디어를 줬는데?"

기가 막혀 따져 물었다.

"아빠, 기억 안 나지?"

그럴 줄 알았다는 표정을 지은 딸아이가 말을 이었다.

"내가 일곱 살 때, 한창 네잎클로버를 좋아했었어. 근데 어느 날 아빠가 네잎클로버를 찾아온 거야. 그걸 작은 쪽지에다가 붙여놓고, 나한테 글을 적어줬거든?"

"어? 아빠가 그랬었나?"

"응. 그때 아빠가 뭐라고 적었냐면, '네잎클로버의 꽃말은 행운이란다. 하지만 많은 사람들이 그 어려운 행운을 만나기 위해 때로는 시간도 낭비하고 인생을 허비하기도 해. 그런데 사실 세잎클로버의 꽃말은 행복이야. 우리 딸은 멀리 있는 행운을 찾기 위해 살지 않고, 날마다 가까이에 있는 행복을 찾으면서 살아갔으면 좋겠다.' 이랬었어."

딸아이가 빙글빙글 웃었다.

"그 쪽지를 얼마 전에 일기장에서 찾았어. 곧바로 새로운 문신 아이디어가 떠올랐지."

"그래서, 세잎클로버 문신을 새기려고?"

"괜찮지?"

여전히 어이가 없었지만, 뭐가 정답인지 알 수 없었다. 모르겠다는 말밖에 할 수 없었다. 하지만 딸아이가 그 문신을 날마다 들여다보면서 먼 곳에 있는 행운에 목숨 걸기보다는 가까이에 있는 행복에 감사하는 사람이 된다면, 그 이상 아빠로서 뭘 바라겠는가?

나야말로 그 사실을 까맣게 잊고 살았다는 것을 깨달았다. 행운은 멀고 행복은 가깝다는 사실. 아마도 나이를 먹다 보니 가치관이 달라진 것일까? 물론 나이를 떠나 사람은 늘 갈등하기 마련이다. 행운과 행복 사이에서.

이 시간 기도한다. 그 누구든 멀리 있는 행운을 찾기보다 가까이에 있는 행복을 더 많이 찾아가며 살아가기를.

행복은 멀리 있는 것이 아니다.

2

—

없어야
소중함을
안다

나만의 케렌시아

나는 투우 경기를 직접 본 적은 없다. 스페인어로 '플라사 데 토로스Plaza de Toros'라고 하는 투우장은 대표적으로 스페인, 포르투갈, 멕시코 등의 나라에서 성행하고 있는 것으로 알고 있다. 요즘은 거의 보기 드물긴 하지만 우리 식으로 말하자면 개싸움이나 닭싸움 같은 거라고 할까? 아니, 어쩌면 그것보다는 좀 더 잔인한지도 모르겠다.

투우장의 소는 극심한 흥분과 공포에 빠져 있는 경우가 많다. 돈 주고 구경을 온 사람들에겐 그럴싸한 볼거리겠지만, 소에게는 그야말로 동물 학대라고밖에 할 수 없다. 그렇게 공포에 빠져 있는 소가 갑자기 모래 경기장 안의 투우사가 들고 있는 붉은 천을 향해 돌진한다. 그런데 그렇게 돌진을 거듭하는 소를 기다리고 있는 것은 투우사가 내리꽂는 창이다. 결국 소가 이기냐 투우사가 이기냐, 그런 게임이다. 물론 투우사가 다치는 경우도 많지

지는 석양을 바라보는 3, 4분이 자신을 돌보는 기회가 될 수 있다.
놀이터에서 시간 가는 줄 모르고 뛰노는
아이를 바라보는 5분도 그런 기회로서 모자람이 없다.

만, 적어도 투우사는 그 일로 돈을 버는 '프로' 아닌가?

그런데 투우장에 갇혀 버린 소는 그야말로 빠져 나갈 길이 없다. 사람들의 놀잇거리가 되는 것이다. 심지어는 돈을 걸고 도박까지 하며 짜릿한 쾌락을 즐기는 사람도 많다. 하지만 경기장에서 탈진 직전까지 내달리던 소가 피범벅이 되어 어딘가로 달려갈 때가 있는데 그곳이 바로 소가 잠시 숨을 고를 수 있는 휴식처, '케렌시아Querencia'다. 쉽게 말해 소가 쉬면서 힘을 모을 수 있는 그늘이라고 할 수 있다.

그러고 보면 일상에 지친 우리에게도 숨을 고를 수 있는 케렌시아가 필요할 때가 있다. 케렌시아가 화려하거나 웅장할 필요는 없어 보인다. 그저 뜨거운 더위에 잠시라도 피할 수 있는 그늘과 같이, 지친 몸과 마음이 재충전할 수 있는 나만의 케렌시아면 충분하다. 중요한 것은 그곳에서 다시 힘을 모으는 것 아니겠는가?

때론 시원한 물 한 잔도 충분할 수 있다. 그런가 하면 책을 읽는 것도, 영화 한 편 보는 것도, 내가 좋아하는 음식을 먹는 것도, 짧은 산책이나 친구와의 대화 역시 모두 케렌시아가 될 수 있다.

'이기적 이타심'이란 말을 들은 적이 있다. 처음엔 낯설고 이해가 되지 않았다. 이기적이면 이기적인 거고 이타적이면 이타적인 거지, 이기적 이타심이라니? 진정 이타적인 사람이 되기 위해서는 어느 정도 자신을 돌볼 줄 아는 센스 역시 소중하다는 말인 듯싶다.

지는 석양을 바라보는 3, 4분이 자신을 돌보는 기회가 될 수 있다. 놀이터에서 시간 가는 줄 모르고 뛰노는 아이를 바라보는 5분도 그런 기회로서 모자람이 없다. 이와 같은 이기적 이타심 속에서 우리는 나만의 쉼과 행복을 발견할 수 있을 것이다.

행복은 멀리 있는 것이 아니다.

명품과 명품 인생

　흔히 명품에는 네 가지 기준이 있다고 한다. 디자이너, 가격, 수량, 용도.

　명품을 꼽을 때 그 물건을 제작하거나 창조한 디자이너의 명성이 중요하기 마련이다. 그래서인지 명품에는 디자이너의 이름이 들어가는 경우가 적지 않다. 아마도 유명한 브랜드를 '메이커'라고 부르기도 하는 이유가 이것 때문일 것이다. 메이커는 '만든 이'라는 뜻이니, 결국 그 작품을 만든 이(창작자)가 브랜드인 셈이다.

　명품은 가격이 비싸다. 값비싼 명품들이 모인 명품 매장에서는 도난 사고 방지 장치나 경비원 등을 심심찮게 볼 수 있다. 이런 명품은 대량 생산을 하지 않는다. 그래야 희소가치가 있기 때문이다. 명품의 수량이 많지 않은 이유다.

　끝으로 명품은 명품에 맞는 용도가 있다. 누가 명품인 물건을 걸레로 사용하겠는가? 그만한 가치가 있기 때문에 아무렇게나

나는 명품 물건보다 명품 인간이 더 많았으면 좋겠다.
아니, 나부터 명품다운 인간답게 살아야겠다.

사용하는 경우는 없다.

사람들이 명품을 좋아하는 이유는 다양하다. 여러 이유 중에서도 '있어 보여서'가 단연 첫째로 꼽는 이유가 아닐까 싶다. 누구든 명품 옷을 입으면 자신이 더 주목받는 느낌을 받기 마련이다. 그 기분을 만끽하게 해주는 것이 명품의 매력이다.

명품이 좋은 이유가 어디 한두 가지랴. 이렇게 말하면서도 막상 나는 명품이 좋은지 잘 모르겠다. 나는 명품 물건보다 명품 인간이 더 많았으면 좋겠다. 아니, 나부터 명품다운 인간답게 살아야겠다.

명품이 사람을 더 가치 있는 존재로 만들어주는 것은 분명 아니다. 꼭 행복을 안겨주는 것도 아니다. 중요한 것은 명품 인생으로 사는 것 아니겠는가? '명품 인생', 이 매력적인 말을 되새길수록 뭔가 힘이 솟는다. 행복은 나답게 오늘을 살고, 인간답게 오늘을 살 때 얻을 수 있는 것이라 믿는다.

행복은 멀리 있는 것이 아니다.

투발루만
사라지는 것은 아니다

환경학자들은 지구 온난화로 인해 투발루가 앞으로 100년 안에 물에 잠긴다고 말한다. 참으로 슬픈 일이 아닐 수 없다. 그런데 아이러니하게도 투발루 공항의 코드는 Fun푸나푸티이다. 이 단어만 보면 가장 재미있는 나라라고도 할 수 있다.

투발루는 가장 높은 곳이 해발 3.7미터라 산이라 부를 만한 것이 없다. 거센 파도가 몰아치면, 관광객들은 하나같이 섬을 통째로 집어삼킬 것 같다고 증언한다. 그런데 정작 거기에 사는 사람들은 태연하다. 그리고 모두 자신의 나라를 지키겠다고 한다.

호텔도 단 하나밖에 없다. 그것도 공항에서 걸어갈 수 있는 위치에 있으니, 외국인 관광객이 오면 공항에 구경을 나오는 사람들이 있을 정도다.

본래 영국 식민지였다가 1978년 10월 1일에 독립한 투발루는

1인당 GDP가 약 1,500달러다. 초등학교는 둘, 중고등학교는 하나다. 대학도 있지만 학생 쉰 명에 강사 두 명이 전부라 한다. 그래서 1년 동안 다닌 뒤에 시험을 통과하면 정규 대학으로 '유학'을 가는 것이다.

경찰관은 스물다섯 명인데 소방 업무를 겸한다. 범죄가 거의 발생하지 않아 경찰관의 업무가 고된 편은 아니다. 가끔 사고가 생기거나 다툼이 일어나면 분쟁 해결에 나서는 정도랄까? 교도소도 있지만 많아야 네 명에서 다섯 명이 수감 중이라고 한다. 재미있는 사실은, 재소자들이 낮에는 각자 알아서 돌아다니다가 저녁 시간에 들어오기만 하면 괜찮다는 점이다.

투발루는 여행지로는 큰 손색이 없다. 하지만 눌러 살기에는 없는 것투성이에 여러 가지로 불편할 것 같다. 더군다나 나라 전체가 아예 가라앉을 전망이니, 할 말이 없다. 그런데 과연 우리의 사정은 다를까?

우리의 욕심과 욕망뿐만 아니라 우리 눈에 보이는 모든 것은 결국 사라지고 만다. 모든 것이 잠깐이고, 모든 것이 지나간다. 그러니 지금에 감사하고, 오늘에 감사하고 사는 것이 어떨지……. 투발루 사람들처럼 말이다.

행복은 멀리 있는 것이 아니다.

없음과 있음

소중한 것이나 가치 있는 것이 가까이에 있으면 그 소중함이나 가치를 충분히 느끼지 못할 때가 많다. 그것이 없을 때 비로소 깨닫게 된다. 소중한 것이 항상 곁에 있었다는 사실을 알게된다. 건강도, 가족도, 놀이도, 친구도 '없음'이 '있음'을 떠오르게 만든다.

김광규 시인의 〈젊은 손수 운전자에게〉라는 시를 보면 "철따라 달라지는 가로수를 보지 못하고 길가의 과일 장수나 생선 장수를 보지 못하고 아픈 애기를 업고 뛰어가는 여인을 보지 못하고 교통순경과 신호등을 살피면서 앞만 보고 달려가는구나"라는 구절이 나온다. 그 젊은 운전자를 안타까워하는 내용이다.

하루하루 바쁘게 살고 있다는 핑계로, 오늘 내가 놓치고 있는 것은 과연 무엇일까? 내 앞에 있거나 내 가까이에 있는 것들에 너무나 익숙해진 나머지 그 소중함을 모르고 사는 것은 아닌지 두렵다.

배우자가 챙겨주는 음식이, 아이가 자라는 모습이 익숙해질 수 있다. 화목한 가정이, 안정적인 직장이 늘 있는 것이라 여길 수 있다. 하지만 지금 있는 그것을 순식간에 잃을 수도 있음을 기억해야 한다. 인간은 한 치 앞도 볼 수 없는 존재이니까.

행복은 멀리 있는 것이 아니다.

소중한 것이나 가치 있는 것이
가까이에 있으면 그 소중함이나 가치를
충분히 느끼지 못할 때가 많다.
그것이 없을 때 비로소 깨닫게 된다.

행복 레시피

아내를 행복하게 만드는 방법

안아준다.

뽀뽀한다.

명품 가방을 사준다.

요리한다.

청소한다.

처가에 잘한다.

같이 쇼핑한다.

함께 여행 간다.

결혼기념일을 챙긴다.

일찍 귀가한다.

아내의 고민을 들어준다.

서로를 행복하게 해주는 일이 이렇게 단순한 거였는데,
20년이 넘도록 전혀 모르고 살았다.

기타 등등 약 500가지.

남편을 행복하게 만드는 방법

먹인다.

재운다.

가만히 둔다.

역시 남자들은 단순한 모양이다. 단순해서 오히려 여자들에게는 좋을 수도 있다. 때론 바보 같다고 할 수도 있겠지만 말이다. 여하튼 서로를 행복하게 해주는 일이 그다지 어렵지도 않은 거였는데, 20년이 넘도록 전혀 모르고 살았다. 왜 이런 것은 학교에서 가르쳐주지 않을까?

행복은 멀리 있는 것이 아니다.

30분을 걸어서 행복을 얻다

제주도에 갔을 때의 일이다. 모든 일정을 마치고 숙소에서 택시를 타고 공항으로 가려던 차에 아는 형님을 로비에서 만났다. 그 형님이 말했다.

"오전에 다른 곳에서 행사가 하나 더 있어. 행사장에서 공항까지 걸어서 한 시간 반 거리인데, 걸어갈 계획이야."

형님은 행사장이 바닷가 쪽이라 바닷가를 끼고 걸으면 딱 좋다는 말을 덧붙였다. 그러고는 지금 내가 있는 위치에서는 택시 탈 필요 없이 30분이면 걸어서 공항에 갈 수 있다고 했다.

"나는 여러 번 걸어서 갔어."

30분을 걸어서? 처음에는 엄두가 안 났는데, 나쁘지 않은 생각 같았다. 날씨도 괜찮겠다, 운동도 되겠다, 도전해볼 가치가 있었다. 결정을 내린 나는 안내 데스크로 가서 길을 물었다.

"공항 쪽으로 가려면 어느 방향으로 가면 돼요?"

여직원이 깜짝 놀라면서 나를 말렸다.

"여기서는 못 걸어가요. 40분은 넘게 걸릴 텐데……. 지금까지 걸어간 사람은 한 명도 못 봤어요."

그러자 대화 내용을 들은 남직원이 방향을 알려주면서 30분 정도 걸릴 수도 있다고 말했다.

의견이 엇갈린다. 누구의 의견을 따라야 할지 망설여졌다. 망설임 끝에 나는 걸어가기를 제안한 형님의 말을 믿기로 했다. 이유는 간단하다. 몇 차례씩이나 걸어서 공항에 가본 경험이 있다고 하니까. 내가 신뢰할 수 있는 인생 선배이니까. 게다가 그 형님은 한 시간 반 거리도 양복을 입고 구두를 신은 채 공항까지 걸어간다고 하니, 의심할 이유가 없었다.

결국 큰맘 먹고 걸어서 공항으로 향했다. 양복을 입고 구두를 신고 넥타이를 매고 가방을 어깨에 맨 채로. 관광객이 많은 제주인지라 차도 많고 매연이 많아 불편함도 없지 않았지만, 그렇다고 못 할 일도 아니었다.

제주국제공항에 도착해, 도전을 북돋아준 형님이 고마워 문자를 보냈다.

  - 고급 정보를 주셔서 오늘 택시 요금 4,800원을 벌었습니다. 다음에 뵈면 커피 한잔 쏘겠습니다!

문제는 한 시간 반을 걸어서 공항까지 오겠다고 호언장담을 한

사는 건 다 그런거다.
그래도 행복하게 걷지 않았는가?
그 사실을 알기 전까지는 말이다.

형이 이렇게 답문을 보내는 것 아닌가?

> ― ㅋㅋ 한 시간 반은 너무 먼 거리 같아서 지금 난 차 얻어 타
> 고 공항에 가고 있어요.

헐! 완전 배신감.

사는 건 다 그런 거다. 그래도 행복하게 걷지 않았는가? 형님의 배신을 알기 전까지는 말이다. 그러고 보면 행복은 생각보다 가까이에 있다. '그런가 보다' 하고 갈 길을 묵묵히 걷는 것, 그것 자체가 행복 아니겠는가?

행복은 멀리 있는 것이 아니다.

4.5의 가출

4.5랑 5.0이 같이 자취를 했다. 그런데 4.5는 늘 뒤처지는 느낌이었다. 노력이 부족해서는 아니었다. 아무리 열심히 해도 5.0을 따라갈 수가 없었다. 열등감에 젖은 4.5는 5.0에게 무시당한다는 기분이 들었다. 자기를 깔보는 것 같아 기분이 나빴다. 그런 시간이 길어지자 내면이 무너지기 시작했다. 4.5는 한없이 작아지고 오그라들었다.

무너진 내면은 좀처럼 회복되지 않았다. 너무나 힘들어진 4.5는 결국 가출을 선택했다.

'이대론 안 되겠어. 5.0이랑은 더 이상 못 살겠어!'

4.5는 5.0에게 아무 기별도 없이 집을 뛰쳐나갔다.

하루가 지나고, 이틀이 지났다. 5.0은 소식 없는 4.5가 걱정되기 시작했다. 사고라도 당한 것은 아닌지 불안해졌다.

'혹시 나 때문에 집을 나간 걸까?'

5.0은 4.5에게 계속 전화를 하고, 카톡도 보냈다. 하지만 4.5에게서는 아무런 응답이 없었다.

그런데 닷새가 지나서 4.5가 아무 일 없었다는 듯 천연덕스럽게 집에 들어오는 것 아닌가! 5.0이 버럭 화를 내면서 따졌다.

"야, 그동안 왜 연락이 없었어? 내가 얼마나 걱정했는 줄 알기나 해?"

4.5가 대꾸했다.

"네가 무슨 상관이야? 내가 나가고 싶으면 나가고, 들어오고 싶으면 들어오는 거지."

5.0은 어이없다는 표정을 지었다.

"그게 말이 돼? 너 도대체 어디서 뭘 하다가 온 거야?"

"내가 뭘 하든 너랑 무슨 상관인데? 왜 궁금해 하는데?"

4.5가 잠시 침묵했다가 입을 열었다.

"나, 점 빼고 왔다."

4.5가 점을 빼니 갑자기 45가 되어 있었다.

아! 우린 정말 4.5처럼 사는 것 같다. 누가 붙여준 그 점 하나 때문에, 큰 의미도 없는 그 점 하나 때문에 상처 받고, 힘들어하는 경우가 종종 있다.

누가 붙여준 그 점 하나 때문에 고민하거나 예민해질 필요 없다. 누구나 자신의 모습대로 살면 그만이니까.

행복은 멀리 있는 것이 아니다.

누가 붙여준 그 점 하나 때문에
고민하거나 예민해질 필요 없다.
누구나 자신의 모습대로 살면 그만이니까.

작은 것이 주는 에너지

진짜 힘들 때가 있었다. 식욕도, 의욕도 모두 사라진 상태였다. 심지어 잠도 제대로 잘 수 없었다.

심신이 지치면 아무것도 할 수 없을 것만 같은 탈진 상태에 빠지기 쉽다. 모든 것이 귀찮아진다. 사람도 만나기 싫고, 밥도 먹기 싫고……. 그런데 그런 때에도 하루하루 살아갈 에너지가 있다는 것이 신기하기만 했다. 내 힘으론 하루도 버틸 수 없을 것 같은데 말이다.

때론 누군가의 말 한마디가, 때론 말없이 손을 잡아주는 행동이 그 에너지가 되었다. 어떤 사람은 기도로, 또 다른 사람은 커피 한잔으로, 누군가는 밥으로 내게 에너지를 주었다. 문자로 용기를 보태준 사람도 있었다.

돌이켜보면 다시 일어설 수 있도록 에너지를 더해준 사람이 한둘이 아니다. 자고 일어나니 생각지 못한 곳에서 연락이 오질 않나, 갑자기 강연 의뢰가 여기저기서 와서 깜짝 놀라기까지 했다. 사실 여기저기라 함은 중학교 한 군데, 그리고 고등학교 한 군데 였지만, 그래도 '여기' '저기' 아닌가? 여기 한 곳, 그리고 저기 한 곳. 아무것도 아닌 것 같을 수 있지만, 그 당시의 나에겐 적지 않은 에너지가 되었고, 위안이 되었다.

행복은 정말 소소한 곳에서 다가오는 것 같다. 날 불러주고 찾아주는 사람이 한두 명이라도 있으면 그것만으로도 충분히 행복하니 말이다.

행복은 멀리 있는 것이 아니다.

제멋대로 산다, 영혼이 자유롭다

"쟤는 하고 싶은 것만 해."

형이 동생인 나보고 하는 소리다. 나는 형의 말에 부정적인 관점으로 접근했다. 그러자 그 표현 속에 숨어 있는 여러 가지 지적 사항이 보였다.

    a. 쟤는 늘 제멋대로 산다.

    b. 쟤는 놀기만 좋아한다.

    c. 쟤는 무질서하다.

    d. 쟤는 쉽게 싫증을 느낀다.

    e. 쟤는 이기적이다.

부정적으로 보니까 지적 사항이 한도 끝도 없었다.

하지만 나는 어느 순간부터 마음을 고쳐먹었다.

세상을 살아가는 것은 결국
보기 나름이고, 해석하기 나름이고,
마음먹기 나름인 듯하다.

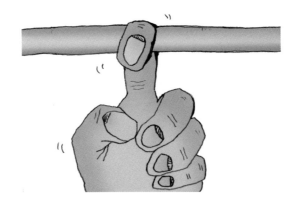

'형이 하는 말이 꼭 부정적인 뜻은 아닐 거야.'

이렇게 혼자 주문을 외웠다. 그리고 부정적인 뜻으로 풀이될 수 있는 말에 긍정적인 의미를 담았다. 물론 내 멋대로.

나는 긍정적인 관점으로 형의 말에 다시 접근했다. 같은 말에서 여러 가지 좋은 점을 찾아볼 수 있었다.

 a. 쟤는 영혼이 자유롭다.
 b. 쟤는 창의적이다.
 c. 쟤는 구속받지 않는다.
 d. 쟤는 변화를 좋아한다.
 e. 쟤는 여유가 있다.

세상을 살아가는 것은 결국 보기 나름이고, 해석하기 나름이고, 마음먹기 나름인 듯하다. 긍정적으로 세상을 바라보고, 또한 긍정적으로 자신을 바라보면 된다고 나는 믿는다.

발자크가 말했다.

"스스로와 사이가 나쁘면 다른 사람과도 사이가 나쁘게 된다."

거꾸로 말하면, 우리는 자신과 사이가 좋아야만 다른 사람과도 사이가 좋을 수 있다는 이야기다.

그러고 보면, 행복은 별것 아닌 것 같다. 형이 내 말을 들으면 웃긴다고 하겠지만, 그래도 나는 상관하지 않으련다. 내 인생 내가 살아야 되는 걸 어찌하겠는가?

행복은 멀리 있는 것이 아니다.

혼자 있는 능력

혼자 있는 시간을 즐기는 사람이 있는가 하면, 부담스러워하고 싫어하는 사람도 있다. 또한 혼자 있고 싶어도 분주함에 너무 길들여진 나머지 혼자만의 시간을 즐길 여유를 갖지 못하는 사람도 있다. 실제로 삶의 여백이 터무니없이 부족할 만큼 바쁘게 살아야만 하는 사람도 많긴 하지만.

어쩌면 혼자 있다는 것이 외로워서, 그 외로움이 두려워서 혼자만의 시간을 잃어버린 것인지도 모르겠다. 하지만 혼자서도 행복할 수 있어야 내 이웃과 함께하는 시간도 그만큼 행복하게 보낼 수 있지 않을까? 그래서인지 도널드 위니콧Donald Winnicott이라고 하는 영국의 소아 정신과 전문가는 혼자 있는 능력이야말로 건강한 관계의 기본이라고 설명해주고 있다.

'나'만의 시간, 그리고 그 속에서의 소소한 감격의 순간과 깨달음, 그리고 감사를 놓쳐서는 안 되겠다. 물론 그러한 시간에 익숙해지고 길들여지기까지 약간의 연습이 필요할 수도 있다. 하지만 그 누구도, 아직 늦지 않았다. 연습을 시작하면 된다.

아침이든 저녁이든, 하루에 한 번씩이라도 자신만의 시간을 가지며 고독을 즐겨보자. 그 시간이 비록 짧더라도 그 속에서 얻는 감동은 결코 짧지 않을 것이다.

행복은 멀리 있는 것이 아니다.

고독을 즐겨보자.
그 시간이 비록 짧더라도
그 속에서 얻는 감동은
결코 짧지 않을 것이다.

3

—

어항
밖으로
날아간
백상어

엄마의 여유

엄마는 몸이 아프시다. 10여 년 전부터 건강이 그리 좋지 않으셨다. 그래서 정기적으로 치료도 받고 적지 않은 양의 약도 드셔야 하기에 병원을 자주 왕래하신다.

최근에 엄마를 모시고 병원에 간 적이 있다. 의사 선생님이 면담 후 가슴 엑스레이를 찍어보는 게 좋겠다고 했다. 어쩌면 폐렴을 의심했던 것 같다.

선생님 말대로 어머니를 모시고 지하 1층 방사선 촬영실로 향했다. 탈의실에서 가운을 입고 나오시는 엄마를 만난 간호사는 당황하는 눈빛이 역력했다. 촬영실로 안내를 해야 되는데, 엄마가 미국 사람인지라 영어로 말해야 할지, 한국어로 말해야 할지 순간 망설였던 모양이다.

"저…… 혹시…… 잉글리시?"

간호사는 조심스럽게 영어로 말해야 되는지 물었다. 엄마는 당황스러워하는 간호사에게 미소를 보내고 친절한 눈빛으로 답했다. 그것도 유창한 우리말로.

"맘대로 하세요!"

영어도 좋고 우리말도 좋다는 뜻이다.

이것이 내가 아는 울 엄마의 모습이다. 비록 몸이 아파도 여유를 잃지 않을 수 있다면 얼마나 좋은 일인가? 아픈 와중에도 유머를 나눌 수 있다면 얼마나 좋은 일인가? 몸이 아픈 와중에도 다른 사람을 생각하는 마음과 유머 감각. 과연 나는 엄마처럼 그렇게 살 수 있을까?

행복은 미소 속에 이미 존재한다. 여유 속에도 이미 존재한다.

행복은 멀리 있는 것이 아니다.

스키니 진 체험기

미국에 있는 옷 가게를 지나가면서 '청바지 세일'을 한다는 문구를 봤다. 그것도 50퍼센트 할인이라니!

'모처럼 한 벌 장만해볼까?'

나도 모르게 마음속으로 속삭였다. 그리고 그 속삭임에 이끌려 옷 가게 안으로 들어갔다. 나에게 맞을 법한 바지 한 벌이 눈에 띄었다. 바지를 들고 피팅룸으로 들어갔다. 그런데 청바지에 한쪽 발을 집어넣는 순간, 느낌이 이상했다. 알고 보니 스키니 진이었다. 아차 싶었지만, 때는 늦었다. 반대쪽 발도 이미 바지 속으로 들어가 있었다.

"이왕 여기까지 온 것, 그래도 입어라도 보자."

당황스러움을 무릅쓰고 입긴 했는데, 문제는 벗을 때였다. 얼마나 바짝 달라붙는지 좀처럼 벗겨지지 않았다. 나는 땀까지 뻘뻘 흘렸다. 입는 건 비교적 쉬웠는데, 벗는 게 이렇게 어려울 줄

그 일을 겪고 난 깨달았다.

행복은 별것 아니란 것을.

그저 나에게 맞는 옷을 입는 것이라는 사실을.

이야!

그런데 조금 뒤에 흑인 여종업원이 피팅룸 앞으로 오더니 바지 한 벌을 문 위에 걸쳤다. 그러면서 나에게 알맞은 사이즈를 한 벌 더 찾았다는 것 아닌가? 멋쩍기도 하고, 괜히 성질도 나고 해서 그 냥 혼잣말로 "됐어요."라고 했다. 그런데 그 여종업원, 내가 말한 한국어를 영어로 알아들어버렸다. 여종업원은 내가 한 "됐어요." 를 "That's all?"로 알아들은 것이다. 우리말로 번역하면 "그것밖 에 없어요?"란 뜻이다. '친절한' 여종업원은 조금 뒤에 스키니 진 두 벌을 더 갖고 왔다. 완전 난감, 이게 무슨 김밥 옆구리 터지는 상황인가 말이다.

그 일을 겪고 난 깨달았다. 행복은 별것 아니란 것을. 그저 나 에게 맞는 옷을 입는 것이라는 사실을. 그거면 충분했다. 살다 보 면 때론 나에게 어울리지 않는 옷도 입는다. 그다지 어울리지 않 는 자리에도 앉게 된다. 행복은 나에게 어울리는 옷을 입는 것이 고, 내가 있어야 할 곳에 있는 것이다. 바로 그런 것이다.

행복은 멀리 있는 것이 아니다.

놀고 있네

사람은 감동을 받을 때 비로소 움직이는 존재라고 한다. 그것이 감동感動이란 단어의 한자가 지닌 의미이기도 하다.

그런데 누군가에게 감동을 주는 삶을 살기는 그렇게 만만한 일은 아닌 것 같다. 심지어는 한 지붕 아래 같이 사는 가족이나 배우자에게도 감동을 주는 일이 만만치 않으니 말이다.

얼마 전에 갑자기 아내한테 문자가 날아왔다.

— 나 지금 백화점 가는 길인데, 혹시 필요한 것 없어?

고마웠다. 아내가 나를 생각해준다는 의미이니까. 하지만 특별히 백화점에서 필요한 물건이 떠오르지 않았다. 그래서 '아니…… 난 필요한 거 없어'라고 보내려고 했다. 그러다 문득 마음을 고쳐먹었다. 아내에게 보답하는 의미에서 감동을 줄 수 있는 기회라고 생각했다.

결국 이렇게 보냈다.

－아니, 괜찮아. 난 백화점에서 필요한 거 없어. 왜냐면 난 자
기만 있으면 충분해.

이 문자를 보고 감동받고 흐뭇해할 아내의 표정을 떠올렸다.
나 자신이 뿌듯했다. 그리고 퇴근 후 집에 가면 분명히 반찬도 달
라지리라 기대했다. 그런데 그 기쁨은 10분도 가지 않았다. 아내
에게서 전혀 예상하지 않았던 문자가 왔기 때문이다.

－아침부터 웬 헛소리?

이건 또 뭘까 싶었다. 나는 분명 좋은 의도로 정성 들여 문자
를 보냈는데, 헛소리라니! 혹시라도 내가 무슨 실수를 했나 싶어
아내에게 보냈던 문자를 확인했다. 문자를 본 나는 황당한 기분
에 휩싸였다. 참…… 죽을 맛이었다.

－아니, 괜찮아. 난 백화점에서 필요한 거 없어. 왜냐면 난 자
기만 있으면 흥분해.

'충분해'를 '흥분해'로 보낸 것이었다. 이러니 아내가 그렇게
반응할 수밖에…….

급하게 다시 해명을 했다. 내가 의도한 건 그게 아니었노라고,
급하게 보내다가 철자를 틀렸다고.

마침내 아내한테 마지막 문자가 날아왔다.

－놀고 있네.

우리 부부는 이렇게 산다. 감동을 주기는 참 어렵다. 하지만

그래도 포기하지 않을 거다. 아내가 언젠가는 내 마음을 알아줄
날이 올 테니 말이다.

행복은 멀리 있는 것이 아니다.

우리 부부는 이렇게 산다.
감동을 주기는 참 어렵다.
하지만 그래도 포기하지 않을 거다.
아내가 언젠가는 내 마음을 알아줄 날이 올 테니 말이다.

나보다 영어 잘하잖아

7층 건물에 갈 일이 있었다. 평범한 상가 건물이었다. 나의 목적지는 7층이었는데, 1층은 주차장, 2층은 식당, 3·4층은 영재 학원, 그리고 5층은 영어 학원이었다.

건물에 한 대뿐인 엘리베이터에 초등학교 3학년 정도로 보이는 남학생 둘과 같이 탔다. 참고로 난 혼혈이라 사람들이 외모를 보고 외국인으로 착각하는 일도 가끔 생긴다. 그 가끔 생기는 일이 두 초딩들에게도 일어났다. 아이들은 내가 지금 본인들이 가고 있는 영어 학원의 강사인 줄 알았던 모양이다. 한 아이가 옆에 있는 친구에게 조용한 소리로 한마디 했다.

"야, 영어 선생님이야. 네가 나보다 영어 더 잘하니까 영어로 인사해봐."

그 말을 들은 아이가 친구한테 똑같은 말을 한다.

"야, 네가 나보다 훨훨씬 잘하잖아. 네가 해봐!"

그렇게 아이들은 티격태격하기 시작했다. 난 그냥 못 알아들은 척하면서 엘레베이터 천장만 바라보았다.

엘리베이터가 아이들의 목적지에 도착할 무렵, 나는 친절하게 영어로 인사말을 건넬까 망설였다. 그러다 갑자기 짓궂은 생각이 들어서 그냥 유창한 우리말로 한마디 건넸다.

"에이, 그냥 아무나 하면 되잖아?"

아이들의 입이 쩍 벌어졌다. 엘리베이터 문이 열리자마자 아이들은 빛보다 빠른 속도로 사라져버렸다.

행복은 멀리 있는 것이 아니다.

예약자는 외국인

 비교적 자주 다니는 중식집이 있다. 손님이 많은 시간에는 가급적이면 예약을 미리 해두기도 한다. 그래서 전화를 하면 사장님이나 웬만한 직원은 내 목소리를 알아듣는다.

 한번은 전화를 했는데, 내 목소리를 알아들은 여직원이 예약을 해주었다. 내 연락처는 묻지 않고, 목소리만으로 알아서 메모를 해준 것이다. 당일에 약속된 시간이 되어서 식당에 갔다. 그런데 예약자 명단에 내 이름이 없는 게 아닌가. 무슨 일인지 살펴보러 나온 과장님한테 상황을 설명했다. 과장님은 예약자 명단을 쭉 훑어보더니 내 이름이 없다고 했다. 나는 어느 여직원이 예약을 진행했었다고 말했다. 식당 측에서는 확인해본 결과 아무도 모른다는 답이 돌아왔다.

 '이런 황당한 일이 다 있다니, 참!'

 내가 명단을 확인해봐도 되냐고 과장님한테 물어보니, 좋다고

외국인이면 어떻고 내국인이면 어떠랴.
짜장면만 맛있게 먹으면 그만이지.

했다. 그래서 노트 맨 위에서부터 주르륵 이름을 살펴 내려갔다.

결국 찾아내긴 했다. 내 이름 석 자는 아니었지만, 예약자 명단 옆에 내가 예약한 시간과 인원이 일치한 기록이 있었다. 나라는 짐작이 들었다. 더군다나 다른 예약자의 경우 이름 옆에 전화번호가 있었는데, 내가 찾아낸 기록에는 전화번호조차 없었다. 내가 틀림없었다.

사실 명단에 적혀 있는 것은 이름이 아니었다. 단지 '외국인'이라는 세 글자였다. 예약을 진행해준 여직원이 볼 때 난 그냥 외국인이었던 것이다. 비교적 자주 식당에 오는 단골 외국인. 목소리가 익숙한 그 외국인.

약간 씁쓸하긴 했지만, 뭐 어쩌랴. 그래도 식당에 날 위한 자리까지 마련해주었는데 말이다. 외국인이면 어떻고 내국인이면 어떠랴. 짜장면만 맛있게 먹으면 그만이지.

역시 행복은 별것 아닌 것 같다. 짜장면 한 그릇 맛있게 먹을 수 있다면, 그 이상 바랄 것이 무엇인가?

행복은 멀리 있는 것이 아니다.

이생망

요즘은 신조어도 많고 줄임말도 무지 많다. 스마트폰의 영향인지, 그냥 요즘 아이들의 문화인지 모르겠다. 혼밥족, 혼술족, 혼영족, 엄친아, 엄친딸……. 너나없이 우리는 이런저런 줄임말과 신조어 속에 묻혀 살고 있다.

말이 점점 줄어드는 것을 우려하는 어른들도 제법 있다. 마치 새로운 세계의 언어 같은 신조어에 거부감을 갖는 어른들도 상당수다. 여하튼 어른들 대부분은 신조어를 즐기는 젊은 세대 또는 아이들에게 소외되거나 뒤처지는 느낌을 가질 수밖에 없는 노릇이다.

물론 신조어 중에는 재미있고 그럴듯한 표현도 적지 않다.

금사빠 금방 사랑에 빠지는 사람.

솔까말 솔직히 까놓고 말해서.

별다줄 별걸 다 줄인다.

비담 비주얼 담당.

인구론 인문계의 90퍼센트가 논다.

사망년(삼학년) 스펙 쌓느라 고통받아 사망할 것 같은 대학
　　　　　　3학년.

노잼 재미없다.

뭐 이런 말들은 익살스럽기도 하다. 하지만 서글픈 말들도 적
잖이 있는 것 같다. 예를 들어 '이생망'은 어떤가? 이 말의 뜻은
'이번 생은 망했다'는 뜻이라 한다.

　사정이 이렇다 보니, 웃고 넘기기만은 어렵다. 언어가 우리 삶
에 미치는 영향을 염려하지 않을 수 없다. 더군다나 우리의 생각
은 긍정적인 쪽보다 부정적인 쪽으로 흐르기 쉽기 때문에, 언어
의 영향력을 결코 무시할 수 없다. 심리학에는 '자기 실현적 예
언'이란 표현도 있다. 자기가 표현한 대로 이루어진다는 것이다.
　물론 청년들이 쓰는 '이생망'이란 표현 속에서 기성세대인 우
리는 사회적 책임도 느낄 수 있다. 저들의 미래를 가로막는 일을
해서는 안 되겠다는 다짐도 하게 된다.
　하지만 본인이 아무리 노력해도, 아무리 스펙을 쌓아도 답이
없고, 다음 생엔 몰라도 이번 생엔 더 이상 기회가 오지 않을 것
이라는 절망적인 태도나 표현은 결단코 도움이 될 수 없는 일 아

조금 어려워도, 조금 힘들어도,
자신의 길을 묵묵히 걷다 보면, 언젠가는 길을 찾을 수 있는 법이다.
행복은 생각하기 나름이니까. 행복은 마음먹기 나름이니까.

닌가? 조금 어려워도, 조금 힘들어도, 자신의 길을 묵묵히 걷다 보면, 언젠가는 길을 찾을 수 있는 법이다. 행복은 생각하기 나름이니까. 행복은 마음먹기 나름이니까.

행복은 멀리 있는 것이 아니다.

대장 김창수처럼

〈대장 김창수〉라는 영화가 있다. 그리 흥행한 영화는 아니지만 그래도 한 번쯤은 볼 만한 영화인 것 같다.

김구 선생님의 청년 시절을 다룬 이 영화에 악명 높은 인천 감옥소의 친일파 소장 강형식이 등장하는 장면이 나온다. 그는 죄수들에게나 간수들에게나 두려움의 대상이었다. 일종의 공포 정치를 동원해서 감옥소를 통제하기로 유명했다.

강형식의 한 가지 대사가 인상적이다. 그는 타협할 줄 모르는 김구 선생님을 비꼬면서 이렇게 말한다.

"할 수 있는 사람이 할 수 있는 일을 하는 것이다."

청년 김구 선생님은 그 말에 당당하게 대항한다.

"할 수 있어서 하는 것이 아니라, 해야 해서 하는 것이다."

감옥소에서 글을 모르는 자들에게 글을 가르치는 이유도, 독립운동에 목숨을 거는 이유도, 어느 것 하나 '할 수 있는 여건이나 여유가 갖추어졌기 때문'이 아니라 해야 되는 사명감 때문이라는 말이다.

어떤 것을 미루어두기도 쉽고, 다른 사람에게 떠밀기도 쉽다. 아마도 안 된다는 생각, 부정적인 생각 때문에 그럴 것이다. 하지만 부정적인 생각은 부정적인 미래를 만들기 마련이다.

어떤 일에 사명감을 부여해보자. 밀어내고 싶었던 일이 반드시 본인이 해야만 되는 일로 보이게 될 것이다. 사소했던 일이 가치 있는 일로 자신 앞에 나타날 것이다. 다른 사람이 대신해주길 기대하지 말자. 능력이 있고, 백이 있고, 여유가 있고, 인맥이 있어서 하는 것이 아니다. 스펙이 빵빵해서 하는 것도 아니다. 그저 해야 되는 일이기 때문에 하는 것이다.

어떤 일에 최선을 다하고 목숨까지 거는 사람이야말로 이 세상에서 가장 행복한 사람이 아닐까?

행복은 멀리 있는 것이 아니다.

바람과 함께 사라졌다 돌아오다

오래전 영화 〈바람과 함께 사라지다〉의 여주인공은 '비비언 리'다. 그런데 그녀에 대해 사람들이 잘 모르는 사실이 한 가지 있다.

지금은 비비언 리가 아닌 스칼렛 오하라를 상상하기 어렵지만, 사실 그녀는 영화 촬영을 위한 면접에서 떨어진 탈락자였다. 그런데 그녀가 탈락이라는 말을 들은 뒤 인사하고 나가는 모습에서 면접관들은 하나같이 감동을 받았다. 그 후 여러 지원자들을 불러 추가 면접을 봤지만, 면접관들은 결국 비비안 리에게 다시 '러브 콜'을 보냈다.

비비언 리가 주인공으로 선택받게 된 이유는 단순했다. 면접에서 떨어졌음에도 불구하고 현장을 떠나면서 면접관들에게 환한 미소로 인사한 것이다. 그 미소가 면접관들의 마음을 사로잡았던 것이다.

때때로 나를 힘들게 하는 상황도 만나고,
힘들게 하는 사람도 만날 수 있다.
그때는 누구나 우울해하거나 불안해한다.
하지만 미소를 잃으면 안 된다.

그 상황을 어떤 이가 다음과 같이 묘사했다.

"0.3초의 짧지만 우아한 미소가 그녀의 인생을 바꾸어놓았다."

때때로 나를 힘들게 하는 상황도 만나고, 힘들게 하는 사람도 만날 수 있다. 그때는 누구나 우울해하거나 불안해한다. 하지만 미소를 잃으면 안 된다. 실패처럼 보이는 막막한 상황일지라도 아예 길이 없는 것은 아니라는 사실을 꼭 기억해야겠다. 미소는 희망이다.

행복은 멀리 있는 것이 아니다.

어항 속의 백상어

어항 속에 둔 새끼 백상어는 자라지 못한다. 기껏해야 12센티미터 정도밖에 자라지 못한다고 한다. 바닷속에서는 6미터 가까이까지 자랄 수 있는데, 애초부터 어항 속에 집어넣으면 자라지 못하는 것이다. 역량껏 살지 못하는 셈이다. 신기하다.

어쩌면 백상어는 스스로를 속이는 것일지도 모른다. 나는 더 클 수 없다고. 나는 이 어항 너머의 세상으로 뛰어넘을 수 없다고. 스스로에게 최면술을 거는 것은 아닐까? 그 어마어마 한 백상어가 자라지 못한다니 믿기질 않는다. 불쌍하다.

그런데 우리도 마찬가지 아닐까 싶다. 우리는 스스로를 제한하는 경우가 있다. 시작도 하기에 앞서 포기를 한다. 환경에게 지배당한다. 생각해보면 그것처럼 안타까운 일이 또 무엇이 있겠는가? 어항 속에 갇힌 새끼 백상어와 같이 스스로를 속이는 일은 있어서는 안 되겠다. 어항 밖으로 나와야겠다.

행복은 멀리 있는 것이 아니다.

우리는 스스로를 제한하는 경우가 있다.
시작도 하기에 앞서 포기를 한다.
스스로를 속이는 일은 있어서는 안 되겠다.
어항 밖으로 나와야겠다.

어디로 가는 배일까?

배를 타야만 되는 어느 여성이 있었다. 그런데 시간이 아슬아슬했다. 배편이 자주 있지 않아 배를 놓치면 일정에 차질이 있었다.

여성은 간신히 부두 앞에 도착했다. 하지만 배가 점점 멀어지는 것 같아 불안하기 짝이 없었다. 결국 있는 힘을 다해 뛰어가기로 했다. 뛰다가 도저히 안 될 것 같아 도중에 신발도 벗어 던지고 100미터 질주를 하듯이 달렸다.

마침내 선착장에 도착했다. 그런데 배가 부두에서 살짝 떨어져 있지 않은가? 놓칠 수 없다는 생각에 배를 향해 껑충 뛰었다. 하지만 아쉽게도 물에 풍덩 빠지고 말았다. 최선을 다해 뛰었지만 한 뼘이 모자라 허사가 된 것이다. 여성은 물속에서 허우적거렸다. 지나가는 어르신이 여성에게 한마디 던졌다.

"뭐가 그리 급해?"

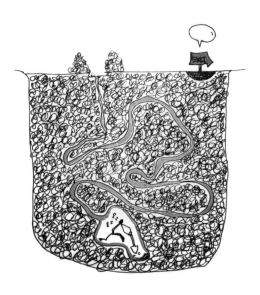

인생은 속도도 중요하지만 방향도 중요하다.
배가 들어오고 나가는 방향 정도는
알아야 되지 않겠는가?

여성은 헉헉대며 헤엄치다가 물속에서 어르신을 올려다보았다. 어르신이 한마디 덧붙였다.

"그건 나가는 배가 아니라 들어오는 배야."

아차 싶었다. 너무 화가 났고 너무 창피했다. 하지만 이미 때가 늦은 걸 어쩌랴? 배를 놓치는 것에만 신경을 썼지, 들어오는 배인지 나가는 배인지, 배의 방향조차 모르고 있었던 것이다. 인생은 속도도 중요하지만 방향도 중요하다. 배가 들어오고 나가는 방향 정도는 알아야 되지 않겠는가?

행복은 멀리 있는 것이 아니다.

보고 싶은 사람이 있는 사람

보고 싶은 이가 있는 사람이라면, 그 사람은 행복한 사람이다.

그런데 눈물겹도록 보고 싶은 이가 있다면, 그 사람은 가장 행복한 사람이다.

행복은 멀리 있는 것이 아니다.

물과 사이다

어느 날 막내가 느닷없이 물어봤다.

"아빠는 엄마 만나기 전에 다른 여자 있었어?"

요즘 아이들이란 참 어이없다. 하필이면 엄마가 있는 자리에서 그딴 질문을 던지다니…….

하지만 답을 할 수밖에 없는 상황이었다. 이럴 때는 최대한 솔직해야만 된다. 물론 솔직하려면 용기가 필요하다.

"있었지."

그 말이 내 입에서 떨어지자마자, 막내는 눈이 휘둥그레지면서 말했다.

"대박! 어떤 여자였는데?"

"글쎄, 뭐랄까? 엄마와는 좀 달랐지. 그런데 엄마를 만나고 나니까, 사실 그 여잔 엄마랑 게임이 안 되더라."

내가 느끼기에도 말을 잘한 것 같았다. 닭살이 돋겠지만 이건

요즘 아이들이란 참 어이없다.
하지만 답을 할 수밖에 없는 상황이었다.
이럴 때는 최대한 솔직해야만 된다.
물론 솔직하려면 용기가 필요하다.

단순한 말재주 이상의 어떤 것이다. 살아남기 위한 몸부림이다.

막내의 눈에는 여전히 호기심이 넘쳤다. 야단났다.

"그래서 그 여자는 엄마랑 어떻게 달랐는데?"

끈질긴 아이다. 이젠 조금씩 성가셔졌다. 마치 조깅할 때 얼굴에 달라붙는 하루살이처럼 말이다.

그런데 막내도 막내지만, 옆에 앉아 있는 아내도 나의 대답을 기다리고 있는 눈치였다. 다시 한 번 살아남기 위한 비상대책을 가동해야 했다. 실수는 곧 죽음이다.

"아……. 그건 뭐, 사람들 성격이 다른 것처럼 다른 거지. 그 여자는 외모도 화려하고, 좀 톡톡 튀는 스타일이랄까? 옷이나 머리에도 신경을 많이 쓰는 편이었어. 그 여자에 비해 엄마는 심플했지. 얌전하고, 부드럽고, 여자 같고, 그런 거 있잖아."

"에이! 아빠, 좀 더 제대로 말해봐!"

"아……. 쉽게 말해 그 여자는 사이다 같았다면, 엄마는 물 같았거든. 봐라. 사이다는 거품도 나고, 톡 쏘는 맛도 있고, 달달하잖아? 반면에 물은 거품도 안 나고, 톡 쏘는 맛도 없고, 달달하지 않아. 하지만 갈증에는 물 이상 가는 게 없거든. 사이다는 마셔도 마셔도 계속 갈증이 느껴지잖아?"

나는 한 박자 쉬었다가 말을 이었다.

"그러니까 엄마는 나에게 물처럼 삶의 갈증을 해소해주는 사람이었다. 이 말이지. 사이다는 있어도 그만 없어도 그만이라면, 엄마는 내 곁에 반드시 있어야 되는…….”

그렇게 대답한 내가 참 대견스러웠다. 진짜 대답을 잘한 것 같아 흐뭇하기까지 했다. 옆에 앉아 있는 아내의 얼굴을 보니, 미소를 머금고 있었다. 꽤 성공한 멘트였다는 생각에 안심했다.

그런데 웬걸? 이놈의 막내아이가 무슨 생각이 들었는지, 또 엉뚱한 말을 하는 것 아닌가?

“근데 아빠는 왜 식당에 올 때마다 사이다를 시켜? 그 여자가 보고 싶으니까 생각나서 그러는 거 아냐?”

“야! 식당 사장님이 서비스로 주셔서 먹는 거지. 내가 언제 사이다를 시켰냐?”

행복은 멀리 있는 것이 아니다.

내 노래를 들어주는
사람만 있어도

얼마 전에 싱어송 라이터 이율구 씨의 공연에 갈 기회가 있었다. 그의 첫 번째 앨범 〈길 위에서〉가 발매된 후였던 것 같다.

목소리며, 노랫말이며, 그의 음악은 아름다웠다. 그가 던지는 짧은 멘트도 매력적이었다. 나는 그의 삶의 이야기에도 매료되었다.

'음악극 창작'을 전공한 이율구 씨는 소통할 수 있는 노래, 그리고 가치 있는 노래를 만들고 싶다고 했다. 노래를 통해 삶에 스며 있는 기쁨, 슬픔, 즐거움, 그리고 외로움 등 감정의 다양한 양상을 드러내고 싶다고 했다.

공연 중에 그는 이런 멘트도 했다.

"내 노래를 들어주는 사람만 있어도 행복합니다."

짧지만, 그 멘트가 난 참 좋았다. 감동이었다.

내 노래가 팔리지 않아도, 내 음반이 팔리지 않아도,
성공 스토리가 안 되어도, 유명 가수가 안 될지라도,
노래를 부를 수 있다는 것만으로도
충분히 행복할 수 있다는 이야기다.

많은 사람 앞에서 노래를 하지 못해도, 자신의 노래를 들어주는 사람만 있다면 행복하단다. 진정한 아티스트의 마음이 느껴졌다.

내 노래가 팔리지 않아도,

내 음반이 팔리지 않아도,

성공 스토리가 안 되어도,

유명 가수가 안 될지라도,

노래를 부를 수 있다는 것만으로도 충분히 행복할 수 있다는 이야기다.

이율구 씨의 멘트에 동감한다.

행복은 멀리 있는 것이 아니다.

비행기 안 닭 한 마리

한번은 미국에 갈 일이 있었다. 내 옆에는 친구가 있었고, 그 친구 옆에는 중국인 여성이 앉아 있었다. 식사 시간이 되자 승무원이 메뉴판을 보여줬다. 문제는 메뉴판에 인쇄된 글씨가 영어와 한국어, 이 두 가지밖에 없었다는 것이다.

소고기와 닭고기, 둘 중에 하나를 선택하면 되는 일이었지만, 친구 옆에 앉아 있는 중국인 여성은 메뉴판을 보며 고개를 갸우뚱거렸다. 센스 넘치는 내 친구는 냅킨에 '소 우'자를 정성껏 그려 그녀에게 보여주었다. 이어서 '닭 계'자를 그리려다가 너무 힘든 나머지, 마치 닭장 속에 갇힌 닭이 날개를 치켜들고 푸드득거리는 듯한 흉내를 내기 시작했다. 옆에서 지켜보자니 참 우스운 광경이었다. 그런데 놀랍게도 중국인 여성은 친구의 '날갯짓'이 뜻하는 바를 알아차렸다. 그녀는 닭고기를 먹겠다고 했다.

말이 안 통하는 것처럼 답답한 일도 없다. 여행을 할 때마다 느끼는 점이다. 하지만 그래도 손발을 쓸 수 있으니 이 또한 어찌 행복하고 감사한 일이 아니겠는가?

행복은 멀리 있는 것이 아니다.

말이 안 통하는 것처럼 답답한 일도 없다.
여행을 할 때마다 느끼는 점이다.
하지만 그래도 손발을 쓸 수 있으니 이 또한
어찌 행복하고 감사한 일이 아니겠는가?.

주저앉으면 그리고 서 있으면

〈길바닥〉이란 시가 있다. 어디서 들었는지조차 기억이 나질
않는다.

하지만 절대 잊히질 않는 구절이 있다.

짧지만 분명했다.

그리고 강력했다.

"주저앉으면 바닥에 있는 것이다.

서 있으면 길에 있는 것이다."

우린 날마다 선택한다.

매 순간마다 선택한다.

바닥에 있을 건지,

아니면 길에 있을 건지.

주저앉을 것인지.

아니면 서 있을 것인지.

인생, 참 어려운 일이다.

하지만 그렇다고 길이 없는 것도 아니다.

일어설 수 없는 것도 아니다.

행복은 멀리 있는 것이 아니다.

잡종의 매력

지인이 페이스북에 올린 글을 허락받고 빌려온 글이다. 글쓴이는 '권지성' 선생님이다.

"순수 혈통보다 잡종의 생명력이 더 강합니다.

더 적응을 잘합니다.

순수한 것이 자랑은 아닙니다.

단일민족도 자랑거리가 아닙니다.

자연스럽게 섞이고

서로 뭉쳐서 시너지를 내는 것.

갈등하지만

그래서 더 강해지는 것.

그것이 잡종의 매력입니다.

하이브리드죠.

이대 최재천 교수의 강의 〈자연은 순수를 혐오한다〉에서

잡종이 나쁜 것만은 아니라는 사실을
새삼스레 깨달을 수 있었다. 그렇다.
나름 하이브리드가 대세 아닌가!

배운 생각입니다."

날 두고 쓴 글은 아니겠지만, 나에게 딱 맞는 글이라 정말 좋다. 나 같은 잡종이 나쁜 것만은 아니라는 사실을 새삼스레 깨달을 수 있었다. 그렇다. 나름 하이브리드가 대세 아닌가!

행복은 멀리 있는 것이 아니다.

4

—

아빠는
살아
있다

아빠는 왜 있는지 모르겠다

초등학교 2학년 학생이 쓴 시가 있다.

엄마가 있어서 좋다.
나를 예뻐해주셔서.
냉장고가 있어서 좋다.
나에게 먹을 것을 주어서.
강아지가 있어서 좋다.
나랑 놀아주어서.
아빠는 왜 있는지 모르겠다.

아버지 부재의 시대를 상징적으로 표현해주는 것 같아 처음에는 쓸쓸함도 없지 않았다. 하지만 아이가 보고 느끼는 세상에서는 그럴 수 있다고 본다. 아마도 아이의 아빠는 가정을 지키기 위해 새벽에 나갔다가 밤늦게 들어오기 때문에 눈에 잘 띄지 않았을 것이다. 반면에 엄마나 냉장고나 강아지는 상대적으로 자주 볼 수 있기 때문에 더 마음이 갈 수밖에 없을 것이다. 그러다 보니 먹을 것을 주는 엄마가 좋고, 먹을 것이 많은 냉장고가 좋고, 같이 놀아주는 강아지가 좋을 수밖에.

하지만 언젠가는 그 아이도 철이 들어 깨닫게 되리라. 세상은 눈에 보이는 것만이 전부가 아니라는 것을.

행복은 멀리 있는 것이 아니다.

언젠가는 그 아이도
철이 들어 깨닫게 되리라.
세상은 눈에 보이는 것만이 전부가 아니라는 것을.

욕심 그릇

난 평소에 크게 욕심이 없다고 생각해왔다. 그런데 그것도 아닌 것 같다. 비우라고 하는데, 자꾸만 채우려고 한다. 변명을 대자면 어디 나쁘이겠는가? 사람의 욕심은 끝이 없다. 행복을 추구하는 마음도 마찬가지가 아닐까?

누가 나한테 "당신은 언제가 가장 행복한가요?"라고 묻는다면, 아마도 나는 "글을 쓸 때."라고 답할 것 같다.

그런데 "그것보다 조금 더 행복할 때는 언제인가요?"라고 다시 묻는다면, 아마도 나는 "내가 쓴 글을 출판사에서 책으로 만들겠다고 연락이 올 때."라고 말할 것 같다.

그때 또다시 누가 "그것보다 조금 더 행복할 때는 또 언제인가요?"라고 묻는다면, 아마도 나는 "그 책이 팔리기 시작할 때."라고 말할 것 같다. 그러니까 내가 쓴 글이 돈이 되기 시작할 때다.

과연 그 이상으로 더 행복할 때가 또 있을까? 곰곰이 생각해보니, 있을 것 같다. 언제일까? 답은 뻔하다. 책이 많이 팔릴 때다.

그럼 그 뒤에는 또 뭐가 있어야만 내가 더 행복할 수 있을까? 그 책이 더 많이 팔릴 때! 그럼 그다음에는? 베스트셀러가 될 때! 그럼 그다음에는? 스테디셀러가 될 때! 그럼 그다음은 없을까? 물론 있다. 그 책이 번역되어 해외에 알려지는 것이다. 그것도 여러 언어로.

이게 사람의 욕심이다. 이게 사람이다. 바로 나다.

그래서 성경은 말하나 보다. 욕심이 잉태한즉 사망을 낳는다고. 욕심 그릇이 작아야 비로소 행복하다고 했던가?

행복은 멀리 있는 것이 아니다.

왜 맨날 똑같은 것만 물어봐?

　직장 때문에 주말 부부로 사는 젊은 아빠가 있다. 아빠의 낙이 있다면, 하루 일과를 마무리하면서 집에 있는 두 딸아이에게 전화를 하는 일이다. 막내는 이제 일곱 살. 아빠의 부재에 대해서 무슨 감정을 느끼며 사는지 잘 모르겠지만, 아빠는 그래도 습관처럼 전화를 한다.

　딸의 목소리를 들은 아빠가 궁금해서 묻는다.

　"지금 뭐 하고 있어?"

　저쪽에서 딸아이의 목소리가 들려온다.

　"서 있지."

　아빠는 계속해서 대화를 이어가려고 애쓴다.

　"그럼 그전까지는 뭐 하고 있었어?"

　"음…… 그전까지? 그전까지는 앉아 있었지."

　"그럼 지금은 뭐 하고 있어?"

아이랑 통화할 수 있다는 것.
그 다정한 음성을 한 번 더 들어볼 수 있다는 것.
그것이 아빠를 오늘도 다시 살게 한다.

"지금은 아빠랑 통화하고 있지."

귀찮다는 듯이 이제 아이가 묻는다.

"근데 아빠, 왜 자꾸 전화해? 그리고 왜 맨날 똑같은 것만 물어봐?"

당황한 아빠.

"……."

아! 그래도 아이랑 통화할 수 있다는 것. 그 다정한 음성을 한 번 더 들어볼 수 있다는 것. 그것이 아빠를 오늘도 다시 살게 한다. 이 소소한 행복!

행복은 멀리 있는 것이 아니다.

스트리트 피아노 Street piano

스트리트 피아노란 말 그대로 '길거리의 피아노'라는 의미로, 2008년 영국에서 시작된 'Play me! I'm Yours'의 한국 버전이다. 대부분의 경우 화려하게 색칠한 피아노를 길거리에 일정 기간 동안 비치해놓아, 누구나 자유롭게 연주할 수 있는 기회를 제공하는 길거리 공연 콘셉트다. 궁극적인 취지는 침체된 공동 공간에 활기를 불어넣으면서 시민들끼리의 소통의 창구를 마련하는 것이다. 그 발상 자체가 흥미롭다.

우리나라에 설치된 피아노들은 서울재즈 아카데미의 협찬이나 해당 지역의 지원으로 이루어지고 있다. 새로운 문화 예술의 장르로 주목받지만, 때로는 민원으로 인해 졸지에 폐기 처분될 때도 있다.

유튜브에는 다양한 스트리트 피아노의 생생한 '라이브 연주'를 볼 수 있는 동영상이 많이 있다. 길거리의 뮤지션을 통해 잔

잔한 감동을 전해 주는 경우가 적지 않다. 화려한 색상의 피아노도 소소한 볼거리이다.

유럽의 도시에서는 청소년이나 무명 예술인, 심지어는 노숙자들도 거리와 광장에서 공연하는 모습이 일반적이다. 이 '길거리 공연장'이 관광 명소가 되는 경우도 적지 않다. 거리 공연은 평소 썰렁한 도심 한복판에 운치를 심어준다. 훈훈한 풍경도 제공한다.

행복은 멀리 있는 것이 아니다.

신부의 남편은
다섯입니다

결혼식에서 사회자가 축사를 읽는 순서가 되었다. 그가 읽어야 되는 축사는 성경 구절로, 〈요한1서〉 4장 18절의 일부였다.

사회자가 말했다.

"〈요한1서〉 4장 18절을 낭독해드리겠습니다."

하객들이 집중하자 사회자는 또박또박 축사를 읽었다.

"네게 남편이 다섯이 있었으나 지금 있는 자는 네 남편이 아니니, 내 말이 참되도다."

하객들이 웅성거렸다. 신랑 신부의 얼굴이 발갛게 달아올랐다.

사회자가 엉뚱한 곳을 읽은 것이다. 〈요한1서〉 4장 18절이 아닌 〈요한복음〉 4장 18절을!

사회자가 본래 읽어야 할 요한 1서 4장 18절은 다음과 같다.

 – 사랑 안에는 두려움이 없고, 온전한 사랑이 두려움을 내어

쫓나니

사회자 덕분에 그날 결혼식은 완전히 망쳤다고 한다.

행복은 멀리 있는 것이 아니다.

멍 때리기 대회

'멍 때리기 대회'는 올해로 약 5년째 지속되는 행사다. 이 이색적인 대회는 지난 2014년에 서울 시청 앞 광장에서 처음으로 시작됐다. 그때 아홉 살 초등학교 학생 '김 모' 양이 초대 우승자가 되면서 더욱 화제를 모았다. 김 양은 "앞으로도 열심히 멍 때리겠다"고 우승 소감을 전해 웃음을 자아내기도 했다.

한편 김 양은 멍 때리기 비결에 대해 다음과 같이 밝혔다.

"아무 생각 안 하는 거요."

가수 크러쉬가 2016년 대회에 참가하면서 '멍 때리기 대회'는 더욱더 그 이름을 알렸다. 얼마나 더 대회가 이어질지 관심이 간다.

별것 아닌 것 같지만 우리는 이따금 멍 때리는 시간도 필요한 존재다. 머리도 식히고, 마음도 비우고. 사실 멍 때릴 겨를조차 없을 만큼 우리의 일상은 숨 가쁘다. 그리고 보면 멍 때릴 수 있는 것도 참으로 감사하고 행복한 일이다.

행복은 멀리 있는 것이 아니다.

별것 아닌 것 같지만 우리는 이따금 멍 때리는
시간도 필요한 존재다. 머리도 식히고, 마음도 비우고.
사실 멍 때릴 겨를조차 없을 만큼 우리의 일상은 숨 가쁘다.

문제적 아빠

어느 날 집에 손님이 찾아왔다. 선물까지 갖고 왔는데, 내 기억엔 과일 선물이었던 것 같다. 막내가 제법 어릴 때 일이다. 그 시절 막내는 누가 나타나기만 하면 좋아했었다. 어떤 사람이든, 그냥 사람이 반가웠던 모양이다. 퀵 서비스 아저씨든, 우유를 넣어주는 아주머니든, 누가 와도 대환영이었다. 그러니 선물까지 들고 온 손님을 막내가 반기지 않을 이유가 없었다. 하지만 반가움이 지나쳐 사고를 치고 말았다.

"아유, 뭐 이런 걸 다! 그냥 돈으로 주셔도 되는데⋯⋯."

몇 살 먹지도 않은 아이가 손님에게 이렇게 당당하게 말하는 것 아닌가!

쥐구멍에라도 들어가고 싶다는 심정이 뭐 말인지 그 순간 실감이 났다. 정말 쥐구멍에 숨고 싶었다.

나는 막내를 나무랐다. 버릇없이 굴었다는 점을 꼬집었더니,

막내가 또 말했다.

"아빠도 옛날에 그런 적 있잖아?"

그런 적이 있었다. 딱 한 번! 비교적 친한 분이 선물을 들고 왔을 때, 농담 삼아 툭 던졌었다. 막내는 그걸 어떻게 기억하고 요긴하게 써먹은 것이다.

호되게 꾸짖으려 했지만, 할 말이 없었다. 이미 엎질러진 물이기도 했지만, 사고의 원인은 결국 나에게 있었으니까.

내가 한 말을, 막내는 따라서 한 것뿐이다. 내 입이, 내 말이 문제였다.

행복은 멀리 있는 것이 아니다.

녹도의 헌신

10년 만에 다시 문을 연 섬마을 초등학교가 있다. 10년 만에 문을 열었다는 건 10년 동안 문을 닫았다는 이야기다. 그 기막힌 사연을 가진 학교는 청파초등학교 녹도분교다. 학생 수 감소로 폐교되었던 이 학교는 2017년 3월 3일, 11년 만에 다시 문을 열었다. 더 놀라운 사실은 폐교된 학교가 다시 문을 연 것은 국내 최초라고 한다.

'다시 문을 열었다'는 그 말 자체가 심장을 쿵쿵 때리며 뭉클하게 만든다. 녹도분교의 교문이 열린 것은 화려한 재오픈이 아니다. 단 한 명의 신입생을 위해 교문을 활짝 열게 된 것이다. 그 신입생은 바로 류찬희 군이다.

류찬희 군은 동네에 학교가 없어 배로 20분가량 떨어진 섬마을 학교에 다녀야 할 처지였다. 때문에 류 군의 부모는 충남교육청에 의무교육 대상자인 아들을 위해 국가가 도움을 줄 것을 요

그늘진 곳에, 보이지 않는 어떤 곳에 더 눈길을 두게 되었다.
그곳에서 신음하며 관심과 사랑과 돌봄을 필요로 하는
사람들을 떠올리게 되었다.

청했다. 그러자 교육청은 물론 녹도 주민들까지 찬희를 돕겠다며 뜻을 모았다. 류 군의 학업을 위해 학교 건물을 새로 단장하고, 한 명의 학생을 위해 교사 한 명을 녹도에 파견했다. 교사에게는 숙소까지 마련해주었다. 한 명의 학생을 위한 헌신이 눈물겹도록 아름다웠다.

충남교육감은 다음과 같이 말했다.

"한 명의 학생도 포기하지 않는 교육, 지역과 마을을 살리는 교육을 위해 노력하겠습니다."

류찬희 군의 일화를 통해 그늘진 곳에, 보이지 않는 어떤 곳에 더 눈길을 두게 되었다. 그곳에서 신음하며 관심과 사랑과 돌봄을 필요로 하는 사람들을 떠올리게 되었다. 그들은 분명 녹도에만 있지 않고 우리 가까이에도 있을 것이다. 그들을 향한 작은 관심은 우리 사는 세상을 훨씬 더 밝고 따스하게 만들 것이다.

행복은 멀리 있는 것이 아니다.

뻥튀기 장수 아들의 뻥튀기

중학생 아이가 학교에 갔는데, 선생님이 엉뚱한 숙제를 내주었다. 아빠가 하는 일을 적어 오란다. 아이의 마음에 걱정이 밀려왔다. 아빠가 하는 일은 뻥튀기 장사였기 때문이다. 그걸 선생님도 모르고 친구들도 모르는데, 온 학교가 알게 되면 왕따가 될 것 같았다.

집에 돌아온 아이는 선뜻 숙제를 할 수 없었다. 고민이 되었다. 밤새도록 고민하던 중에 독특한 아이디어가 반짝 떠올랐다. 아이는 마음이 가는 대로 적었다.

다음 날 학교에 가서 숙제를 제출했다.

아빠가 하는 일: 곡물 팽창업

참 기발한 친구다. 뭔가 있어 보이는 말 아닌가?

그러고 보면 생각하기 나름이다. 뻥튀기 장수라고 생각하면 뻥튀기 장수이지만, 곡물 팽창업이라고 표현하면 어쩐지 산업체의 대표 같다.

그래서 말이 씨가 된다고 하나 보다. 이왕이면 긍정의 말을 하고, 후회하지 않을 말을 해야 될 것 같다.

행복은 멀리 있는 것이 아니다.

말이 씨가 된다고 하나 보다.
이왕이면 긍정의 말을 하고,
후회하지 않을 말을 해야 될 것 같다.

8만 번과 160만 번

인생을 80년으로 볼 때 긍정적인 말을 8만 번가량 한다고 한다. 그런데 놀랍게도 같은 기간 동안 부정적인 말은 160만 번을 한단다.

오늘부터 다시 생각해봐야 될 것 같다. 나의 언어 습관을 정직하게 돌아봐야겠다. 밝고 씩씩한 사람들을 살펴보면, 표정도 밝은 편이지만 평소 사용하는 언어가 긍정적이다. 그래서인지 저들 곁에 있으면 나도 모르게 흥이 나고, 나도 모르게 행복하다.

행복은 멀리 있는 것이 아니다.

밝고 씩씩한 사람들을 살펴보면,
표정도 밝은 편이지만 평소 사용하는 언어가 긍정적이다.
그래서인지 저들 곁에 있으면 나도 모르게 흥이 나고,
나도 모르게 행복하다.

바다를 찾는 이유

바다는 말을 걸지 않는다.

가만히 들어만 준다.

가만히 품어만 준다.

바다에 돌을 던져도

아프다 하지 않고 다 받아준다.

바다를 향해 목청껏

소릴 질러도

바다는

다 들어주고 다 수용해준다.

그래서 우리는

바다를 찾는가 보다.

행복은 멀리 있는 것이 아니다.

바다는 말을 걸지 않는다.
가만히 들어만 준다.
가만히 품어만 준다.
그래서 우리는
바다를 찾는가 보다

겨울잠

길고긴
겨울잠
끝에서
이제는
일어나
세상에
맞서자.

추운것
아픈것
슬픈것
이제는
뒤로해

버리자
까짓것.

방황한
세월들
허비한
순간들
이제는
박차고
나가자.

겨울잠
깨우고
일어나
이제는
앞으로
달리자
마음껏.

행복은 멀리 있는 것이 아니다.

어느 혼혈아의 감사 일기

대한민국에 태어난 것 감사

국제결혼을 한 부모님 감사

혼혈로 태어난 것조차 감사

놀림 받아도 외모가 전부가 아닌 것 알려주신 부모님 사랑에
감사

왕따 되고 놀림받은 것도 잠깐이었으니 감사

주변에 왕따하지 않는 친구들이 있었던 것 감사

옆에서 똑같이 왕따당하는 형, 누나 있었으니, 혼자가 아니라
서 감사

왕따당하는 혼혈들 이해할 수 있는 마음 생기니 감사

학원비 한 푼 안내고 영어까지 배울 수 있는 환경에 감사

동서양을 다 경험할 수 있는 문화적 배경 감사

지금까지 살아온 것 감사

따지고 보면 감사한 일 더 많은 것 감사

행복은 멀리 있는 것이 아니다.

동서양을 다 경험할 수 있는 문화적 배경 감사
지금까지 살아온 것 감사
따지고 보면 감사한 일 더 많은 것 감사

내 이름에 대한 묵상

어린 시절 내 이름이 썩 맘에 들지 않았다. 이름 자체가 부끄러웠고, 이름 자체가 부담이었다. 종교적인 냄새가 나다 보니 세례명이냐고 묻는 사람도 주변에 적지 않았다.

종호, 호윤, 영훈. 초등학교 시절 가장 친했던 세 친구의 이름이다. 나는 이 평범한 우리말 이름이 한없이 부러웠던 적이 한두 번이 아니다.

어른이 되었어도 이름에 대한 부담과 불만은 어느 정도 품고 있었다. 그러던 어느 날 《좋은 생각》이란 잡지에서 짧은 문장 하나를 우연히 읽게 되었다:

- 비보이 춤은 한 동작을 익히는 데 적어도 한 달 이상 걸릴 만큼 인내심을 요한다.

이토록 단순한 문장 하나가 나의 생각을 바꿔놓을 줄이야!

사람마다 이 문장에서 눈에 들어오는 단어가 제각기 다를 수 있을 것 같다. 어떤 이에게는 '비보이'라는 단어가, 또 어떤 이에게는 '춤'이라는 단어가 가장 깊게 다가올 수 있다. 그런데 나의 눈에 유독 들어온 단어는 마지막 단어 '요한다'였다. 그 속에 내 이름 '요한'이 있기 때문이다.

나는 혼잣말로 중얼거렸다.

"내 이름이 없으면 이 문장이 완성될 수가 없네."

이 문장의 마지막을 장식한 내 이름처럼, 나라는 사람도 없어서는 안 되는, 그런 존재가 되어야겠다는 생각을 했다. 그러자 세상이 다르게 보이기 시작했다. 내 이름이 더 가치 있게 여겨지기까지 했다. 실제로 내 이름은 여러 문장에 '귀하게' 쓰이고 있었다.

- 우주선의 착륙은 복잡한 메커니즘의 정확한 통일적인 작용을 요한다.
- 우리는 끊임없는 적응을 위해 많은 노력을 요한다.
- 국가들은 냉정과 자제를 요한다.

'요한'이라는 내 이름에 꽂히자 내 이름이 들어간 수많은 단어가 있다는 사실을 발견하게 되었다. 발상의 전환으로 얻은 결과물이랄까?

집요한

풍요한

부요한

중요한

주요한

긴요한

필요한

고요한

우리 형의 이름은 요셉이다. 그런데 형의 이름이 들어간 단어는 하나도 떠오르지 않았다. 그 순간 묘한 감동까지 밀려왔다.

집요셉

풍요셉

부요셉

중요셉

주요셉

긴요섭

필요섭

고요섭

어느 것 하나도 형의 이름으로는 단어다운 단어를 이룰 수 없었다. 내 이름이 갑자기 자랑스럽기까지 했다. 나의 존재감이 갑자기 업그레이드된 느낌이었다고 할까?

산다는 것은 마음먹기 나름인 것 같다. 이름 속에서도 소소한 행복을 찾을 수 있으니 말이다. 마음에 '꼬옥' 안 드는 이름인데도 말이다. 이름이 불편하고 부끄러워도 결국엔 자신이 의미를 부여하기 나름이다. 무엇이든 생각하기 나름이다.

행복은 멀리 있는 것이 아니다.

아빠는 포기하지 않는다

여덟 살 딸아이가 보고 싶어 집에 날마다 전화하는, 못 말리는 아빠.

뭐하고 있었어?

서 있지.

아까는 뭐하고 있었어?

앉아 있었지.

지금은 뭐하고 있어?

전화 받고 있지.

근데 아빠 왜 맨날 전화해?

아빠의 반응: …….

그래도 아빠는 다음 날 또 전화한다.

보고 싶으니까.

행복은 전화 한 통이고,
행복은 사랑하는 가족과의 짧은 대화이다.
그리고 그리움도 행복이다.

목소리가 그리우니까.

사랑하는 딸이니까.

떨어져 사니까.

행복은 전화 한 통이고, 행복은 사랑하는 가족과의 짧은 대화이다. 그리고 그리움도 행복이다.

행복은 멀리 있는 것이 아니다.

빌어먹는다

'빌어먹는다'

우리는 이 말을 부정적인 의미로 사용하는 경우가 많다. 남에게 구걸해 먹고 사는 일을 뜻하는 '빌어먹다'라는 단어에 거부감이 있어서인 듯하다. 빌어먹는 거지를 가리키는 다른 이름인 '비렁뱅이'도 여기서 나왔다고 한다.

많은 경우 이 말은 상대를 비하할 때 사용되기도 한다. 상대방을 무시하면서 동시에 자신을 과시할 때 말이다.

그런데 사실상 이 '빌어먹는다'는 표현은 사람이 자기 주제를 파악하게 만들려고 사용되었던 말이라고 한다. 나쁜 의미로는 '빌어야만 먹는 것들', '발아래 엎드려 먹는다' 등의 의미를 띨 수도 있지만, 좋은 의미로는 '빌어와서 먹는다', '부탁하여 얻는다', '겸손하게 얻는다' 등의 뜻으로도 적용이 가능하다.

생각해보면 인간은 자연에게, 타인에게 도움을 주고받으면서 살아가는 존재이다. 우리가 누리는 모든 것은 대부분 자연에서 빌려왔다. 먹는 물조차 자연이 빌려주지 않으면 해결할 수 없는 게 사람이다. 또한 우리는 서로 빌리고 빌려주며 살고 있다. 새벽 첫차도 그냥 탈 수 있는 것이 아니다. 버스 운전사가 삶을 빌려주어야만 가능하다.

그런 의미에서 인간은 태초부터 빌어서 먹은 것이다. 자기 혼자만의 힘으로는 살 수 없는 존재다.

나 역시 혼자 힘으로 무엇을 이룬 적이 없다. 이 세상에 태어난 것부터가 그렇다.

인간이 스스로 노력해서 무엇인가를 이루었다고 생각하면 그것은 오만이다. 기분 나쁠지는 몰라도 우리는 누구나 예외 없이 빚을 지고 살아가는 존재다.

부모에게.

서로에게.

하늘에게.

행복은 멀리 있는 것이 아니다.

에멜무지로

참 낯설고 희한한 단어다. 왠지 프랑스 말 같기도 하고, 아닌 것 같기도 한 이 단어는 순수한 우리말이라고 한다.

나도 처음 들었을 때는 참 부끄러웠다. '내가 우리말을 이렇게 몰랐나?' 하며 스스로를 탓하기까지 했다. 그런데 여기저기 물어보니, 모르는 사람이 더 많았다. 다행이라고 생각했다.

에멜무지로는 '한번 해보자'라는 사전적 의미를 갖고 있다. '부딪쳐보자', '시작해보자', 이런 말인 셈이다.

내가 이렇게 좋은 단어를 여태껏 몰랐다니! 그러고 보면 우리는 날마다 새로운 것을 배우는 존재인 것 같다. 그만큼 부족하다는 존재라는 뜻도 되겠지만.

여하튼 끊임없이 배우고자 하는 자세가 무엇보다 중요하다고 본다.

새 단어를 알게 되어 참 기분 좋다. 이 말이 널리 알려지면 좋

마음이 힘들거나 우울하면
일단 이 단어를 떠올려야겠다.
'한번 해보자.'
'시작해보자.'
'도전해보자.'

겠다. 나도 많이 많이 사용하고자 한다. 언제, 어떻게 사용하는지는 여전히 잘 모르겠지만.

일어날 힘마저 없을 때, 스스로가 초라하게 느껴질 때, 혼자라는 생각이 들 때, 아무도 나를 몰라주는 것 같을 때 사용하면 좋을 듯하다.

마음이 힘들거나 우울하면 일단 이 단어를 떠올려야겠다.

'한번 해보자.'

'시작해보자.'

'도전해보자.'

행복은 멀리 있는 것이 아니다.

아빠, 사람 눈이
왜 머리 앞에 있는지 알아?

막내 아이가 여덟 살 때였다. 평소에도 튀는 질문을 가끔씩 하는 아이였지만, 그저 호기심 많은 아이들의 평범한 질문쯤으로 여겼었다.

그런데 그날따라 아이가 던진 질문이 쉽게 잊히질 않았다.

"아빠, 하나님이 사람을 만들 때 우리 눈을 왜 머리 뒤에 만들지 않고 앞에 만들었는지 알아?"

내가 막내보다 대략 35년은 더 살았지만, 그 질문에 대한 답은 좀처럼 떠오르지 않았다. 한참을 망설이다가 그냥 솔직하게 대답했다.

"글쎄……. 아빠도 잘 모르겠는데?"

막내는 어른이 그것도 모르느냐는 듯이 나를 힐끔 쳐다보았다. 그러고는 당찬 목소리로 조롱하듯 말했다.

"에이, 아빠는 그것도 몰라? 그동안 있었던 과거의 힘든 일들은 잊고 앞만 보고 살아가라고 앞에 있는 거잖아."

놀라웠다. 그런 심오한 의미가 있는 줄 미처 몰랐었다.

솔직히 말해 그때는 막내의 당찬 대답이 어이없게 들렸다. 하지만 힘든 순간을 만나면 그 말이 스르르 떠오르곤 한다.

"그렇지……. 과거에 살기보다는, 오늘에 살아야지. 오늘에 실망하고 좌절하기보다는 새로운 내일을 기대해야지."

그때 막내는 내게 오늘과 내일을 선물한 것이다.

행복은 멀리 있는 것이 아니다.

살다 보면 생기는 용돈

살다 보면 참 다양한 일들을 만나게 된다.

살다 보면 참 다양한 사람도 만나게 된다.

그 많은 사연과 만남 속에서 우리는 감사와 기쁨을, 때로는 슬픔을 느낀다. 그 느낌을 통해 무엇인가를 깨달을 때도, 새로운 결단을 하게 될 때도 있다.

어쨌든 하루하루 어떤 일을 경험하게 될지, 누구를 만나게 될지, 그야말로 예측할 수 없는 노릇이다.

오늘 참 특이한 전화를 한 통 받았다.

다짜고짜 용돈을 보내주고 싶다며 계좌 번호를 알려달라는 내용의 전화였다. 말도 안 되는 일이라 의심부터 들었다. 그런데 확인한 결과, 아버지를 잘 아신단다. 재미있는 점은 그분이 용돈을 보내는 이유이다. 아버지가 좋아서 아들인 나한테 용돈을 보내

그 많은 사연과 만남 속에서
우리는 감사와 기쁨을, 때로는 슬픔을 느낀다.
그 느낌을 통해 무엇인가를 깨달을 때도,
새로운 결단을 하게 될 때도 있다.

시고 싶단다.

하지만 좀 이상했다. 아버지가 좋다면, 아버지한테 용돈을 보내드리면 되는 것 아닌가.

나는 망설임 끝에 사양했다. 그래도 계속 재촉하시는 바람에 결국 계좌 번호를 알려드리고 말았다. 이 상황을 어떻게 받아들여야 할지 여전히 잘 모르겠다.

분명한 사실은 살다 보면 참 다양한 사건을 만난다는 것이다. 사건의 연속이 우리네 인생 같다.

또 한 가지. 누가 용돈을 준다는 일이 왜 더 자주 없는지 모르겠다.

어쨌든 뭐니뭐니 해도 오래 살고 볼 일이다.

행복은 멀리 있는 것이 아니다.

죽도록 맞으면 안 되는데

아침 조깅을 하러 가는데, 동네 초등학교 앞에서 넋 놓고 우는 초딩 남학생을 봤다. 이름표가 있어서 보니, 1학년이었다.

김수영.

그냥 지나가려고 했는데, 아이가 날 보고는 훌쩍거리며 말했다.

"아저씨, 저 좀 살려주세요."

속으로 생각했다.

'뭐지?'

심상치 않았다. 살려달라니.

무슨 상황인지는 알아야 할 것 같았다. 우선은 혹시 아이가 다친 곳이 있나 살펴보았다. 특별히 다친 곳은 없어 보였다.

아이가 사연을 이야기했다. 여차저차해서 학교 준비물을 잘못 가져왔다고 했다.

"그래서 집에 가야 되는데, 아저씨가 집까지 데려다주시면 안

1학년 수영이에게는 준비물이
가장 중요했던 것이다.
지구 온난화 현상이나 북한의 핵실험,
아니 월드컵 축구보다도 준비물이 더 중요했다.

돼요?"

　잘은 모르겠지만, 엄마한테 혼날까 두려웠나 보다. 그런데 생각해보니, 집에까지 갈 일이 아니었다. 그래서 설득했다. 집에 돌아가지 말고 잘못 가져온 준비물은 그냥 교무실에 갖다놓자고. 안 그러면 지각하니까.

　그런데 아이는 그건 안 된단다.

　"왜 안 되는데?"

　"누가 훔쳐 가면 엄마한테 죽도록 맞아요."

　"그럼 내가 교무실에 가서 말해줄게. 잃어버리면 엄마한테 죽도록 맞으니까, 잘 좀 보관해달라고."

　겨우 아이를 설득했다. 아이는 힘겹게 고개를 끄덕였다.

　1학년 수영이에게는 준비물이 가장 중요했던 것이다. 지구 온난화 현상이나 북한의 핵실험, 아니 월드컵 축구보다도 준비물이 더 중요했다.

　나는 그냥 헤어지기가 좀 뻘쭘해서 물어봤다.

　"근데 수영아. 너 혹시 수영 잘하니?"

　수영이는 이상한 눈빛으로 날 쳐다보더니 고개를 흔들며 내 앞에서 사라졌다. 고맙다는 말도 없이. 내가 살려줬는데도!

　그래도 전혀 모르는 동네 아저씨인 나를 믿어준 수영이에게 왠지 고마움 같은 것이 느껴졌다. 심지어 친밀감까지.

나는 속으로 혼잣말을 했다.

"죽도록 맞으면 안 되는데……."

우리가 할 수 있는 일은 아주 작은 것밖에 없는 것 같다. 내가 수영이를 도와준 일처럼. 하지만 그 작은 일이, 작은 도움이 세상을 바꾸는 밑거름이 된다고 믿는다.

행복은 멀리 있는 것이 아니다.

이상한 탁구

아빠와 아들이 탁구를 치는 모습을 보았다. 아빠는 삼십대 중반, 아이는 여덟 살이나 아홉 살 정도로 보였다. 아이와 놀아주는 아빠의 모습이 보기 좋았다. 그런데 유심히 보니 탁구를 치는 방식이 좀 이상했다.

탁구는 상대편 공이 내가 있는 쪽에 떨어지면 한 번에 받아 넘겨야 된다. 그런데 아이는 그게 어려우니까 넘어온 공을 톡 쳐서 자기 쪽에 한 번 더 튕긴 다음 아빠 쪽으로 넘기는 것 아닌가. 즉 두 번을 튕기고 넘기는 것이다.

나는 당연히 아빠가 아이의 잘못된 탁구 방식을 바로잡아줄 줄 알았다. 그런데 우습게도 아빠마저 아이랑 똑같은 방식으로 공을 받아넘기는 게 아닌가!

아빠의 마음을 읽은 나는 웃을 수 없었다. 아빠는 아이에게 탁구 기술이나 규칙을 가르쳐주는 게 아니었다. 탁구가 서툰 아이의 눈높이에 맞게 놀아주는 것뿐이었다. 아빠는 아들에게 틀렸다고 지적하지 않고, 아들의 게임 방식으로 아들과 탁구를 즐기는 것이었다. 아들을 위해서.

그렇게 두 부자는 신나게 탁구를 쳤다.

아빠는 아들과 같이 있는 것 그 자체로 충분히 행복했던 것 같다.

아빠에게 탁구 방식이나 규칙 따위는 행복에 전혀 도움이 되지 않았다.

우리도 때때로 게임의 방식을 바꿀 마음의 여유가 필요한 것 같다.

행복은 멀리 있는 것이 아니다.

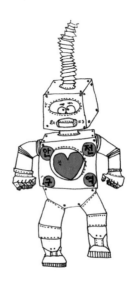

아빠는 아들에게 틀렸다고 지적하지 않고,
아들의 게임 방식으로 아들과 탁구를 즐기는 것이었다.
아빠는 아들과 같이 있는 것 그 자체로
충분히 행복했던 것 같다.

5

—

오래된
것의
아름다움

입 벌린 구두

구두를 꽤나 오래 신었다. 비가 오나 눈이 오나 오랜 친구처럼 내 곁을 지켜주었다고 할까?

군데군데 해진 곳도 있어, 몇 번이고 수선까지 해서 신고 또 신었다. 하지만 지금 또다시 '입 벌린' 구두가 되었다. 이제는 창피할 때도 있어서 구두를 바꿔야겠다는 마음이 자리 잡기 시작했다.

기회가 될 때마다 구두 가게를 지나치면서 두리번거렸다. 그러다 결국 용기를 내서 세일 아이템을 '득템'했다. 새 구두는 정말 편하고 좋았다. 발에 착 달라붙는 느낌, 번쩍거리는 광택. 신으면서 마음까지 다 뿌듯해졌다.

입 벌린, 헌 구두는 신발장 한 구석에 처박았다. 다시 신을 계획은 딱히 없었지만 만일에 대비해 버리지 않았다. 구두에게 좀 미안한들 어쩌랴.

그러던 어느 가을 날, 오후에 교보문고에 들렀다가 서울역까지 걸어갔다. 그렇게 먼 거리도 아니었다. 문제는 그날따라 비가 억수같이 쏟아졌는데, 새 구두가 순식간에 거의 거덜 나고 만 것이다. 집에 가서 아무리 수건으로 말리고 땡볕에 말려도 영 아니올시다였다.

결국 나는 오래된 구두를 다시 꺼내서 신게 되었다. 아직도 신고 있다.

오래된 구두.

입 벌린 구두.

친구처럼 참 편하다.

오늘은 그 구두에게 처음으로 말을 걸었다.

미안하다고.

그리고 고맙다고.

행복은 멀리 있는 것이 아니다.

오래된 꿈

KBS에서 방영한 프로그램 중에 〈황금 연못〉이 있다. 요즘도 있는지는 모르겠다. 우연한 계기에 방송을 봤는데, 그날 소개된 분은 '손영자' 님이었다. 손영자 님은 너무나 가난한 나머지 초등학교만 간신히 졸업했다.

하지만 나이가 들면서 공부 욕심을 버릴 수가 없었다. 문제는 돈을 벌어야 했기에 엄두가 나질 않았다. 그런 사람이 세상에 어디 한둘이겠는가마는 손영자 님은 포기를 몰랐다. 결국 55세에 중학교에 입학을 한다. 하지만 그것도 오래 못 간다. 남편의 반대로 그만두게 된 것이다. 안타깝다.

그로부터 7년 뒤, 남편이 세상을 떠난다. 이제 손영자 님의 나이 62세다. 7년 전보다 훨씬 더 나이가 들었지만, 공부의 꿈을 차마 포기할 수가 없었다. 결국 손영자 님은 환갑을 훌쩍 넘긴 나이에 다시 중학교에 입학한다. 놀라운 집념이다. 아름답다.

가장 좋은 때는 바로 지금일 수 있다.
지금 본인이 하고 싶은 것을 할 수 있다면,
그 사람은 세상에서 가장 행복한 사람이다..

영화 〈세상에서 가장 빠른 인디언〉의 주인공 버트는 황혼의 사나이다. 뉴질랜드에 사는 버트는 건강이 안 좋은 데도 불구하고 오토바이 경주를 위해 미국으로 떠날 채비를 한다. 걱정스러워하는 옆집 소년은 버트에게 질문을 던진다.

"할아버지, 왜 그렇게 멀리까지 가서 오토바이를 타요? 미국에 꼭 가야 돼요?"

버트는 소년에게 대답한다.

"가야 할 때 가지 않으면 말이다. 가려 할 때는 갈 수가 없단다."

정말 그런 것 같다. 정작 가려 할 때는 이미 때가 지났을 수도 있는 법이다. 그래서 가장 좋은 때는 바로 지금일 수 있다. 지금 본인이 하고 싶은 것을 할 수 있다면, 그 사람은 세상에서 가장 행복한 사람이다.

행복은 멀리 있는 것이 아니다.

오늘

어제도 아닌 오늘
내일도 아닌 오늘

나는 오늘이 좋다
또 다른 시작 오늘

반가운 하루 오늘
나는 오늘이 좋다

행복은 멀리 있는 것이 아니다.

다시

다시 시작할 수 있다는 것.
다시 일어설 수 있다는 것.
다시 용기 낼 수 있다는 것.
다시 꿈을 꿀 수 있다는 것.

다시라는 말이 난 참 좋다.

깊은 좌절 뒤에도.
깊은 상처 뒤에도.
다시라는 말이 있어서 좋다.

다시 희망할 수 있다는 것.
다시 출발할 수 있다는 것.

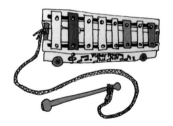

다시라는 말이 있어서 좋다.
다시. 그리고 또다시.

다시 도전할 수 있다는 것.
다시 춤을 출 수 있다는 것.

다시라는 말이 난 참 좋다.

깊은 절망 속에도.
깊은 슬픔 속에도.

다시라는 말이 있어서 좋다.

다시.
그리고 또다시.

행복은 멀리 있는 것이 아니다.

설리와 밥솥의 우정

　오래된 밥솥을 버리기로 하고 새 밥솥을 장만했다. 그런데 큰
딸 설리가 울면서 하는 말.

　"우리 가족을 위해서 그동안 얼마나 고생했는데……. 김까지
매일 뿜어내면서……. 그걸 어떻게 버릴 수 있어?"

　온 가족을 위해 수년간 헌신해온 밥솥에 대한 남다른 애정이
설리에게 있었던 것이다. 결국 우리 부부는 설리에게 설득당했
다. 설리는 오래된 밥솥을 자기 방에 모셔두었다. 그것도 자기 책
상 위에.

　설리가 밥솥을 모신 지 1년이 넘어간다. 아마 책상 위에 밥솥
이 있는 초딩 4학년은 대한민국에 설리가 유일하지 않을까? 밥
솥은 1년이 넘도록 설리와 함께 호강하며 지내고 있다. 밥솥 주
제에 밥도 안 만들면서 말이다.

　사실 '밥솥'이라는 가전제품의 존재감을 알아주는 경우는 그

다지 많지 않을 것 같다. 어느 집에나, 누구에게나 성실하게 자기 자리를 지키며 가족의 밥을 책임지는 밥솥이 있을 텐데 말이다. 정말 소중한 존재인데 말이다.

어린 설리는 밥솥의 소중함을 눈물겹도록 알아준 것이다. 그 고마움을 잊지 않고 방에 모시며 은혜를 갚고 있는 것이다. 오래된 친구처럼 정을 나누는 것이다.

참으로 엉뚱하기 짝이 없는 발상 같지만 설리의 마음씨는 금방 지은 밥처럼 따스하다. 그리고 이제는 책상 위의 밥솥이 설리 곁을 지켜주는 것만 같다.

한 아이가 바라보는 밥솥도 그렇게 소중할 수 있는데, 우리네 삶이 허망하다고 함부로 말할 수 있을까?

행복은 멀리 있는 것이 아니다.

시험 점수 100점의 비밀

설리가 초딩 2학년 때 일이다. 방과 후 집에 돌아온 설리에게 엄마가 물었다.

"시험 잘 봤니?"

"100점!"

엄마의 질문에 설리는 자신 있게 대답했다. 그런데 사실은 거짓말이었다.

거짓말인 줄 까맣게 모른 채 엄마는 설리의 말에 "와!" 하고 감탄했다. 자랑스럽다는 듯 설리를 안아주었다. 그리고 곧바로 할머니 할아버지에게 전화해서 자랑을 하기 시작했다.

"설리가 100점을 맞았어요. 얼마나 대견한지 몰라요."

그렇게 하루가 밝게 지나갔다.

다음 날 설리가 아빠를 찾아왔다.

"아빠, 할 말이 있어."

그런데 말도 꺼내기 전에 설리는 울기 시작했다. 그러면서 엄마한테 거짓말을 했다고 자백한다.

"100점 못 받았는데, 100점 받았다고 했어. 흑……."

설리 아빠는 정직하게 고백하는 설리를 혼내기보다 타일렀다. 괜찮다고. 100점을 받는 것보다 정직한 게 더 중요한 거라고. 그러니 잘한 일이라고. 앞으로 거짓말을 안 하면 된다고.

엄마가 기뻐하며 할아버지 할머니한테 자랑까지 했을 때, 그 모습을 지켜보던 설리의 마음은 어땠을까? 얼마나 괴로웠을지 짐작이 간다. 설리는 100점을 맞으면 기뻐하는 엄마의 모습을 떠올렸고, 100점을 못 맞으면 엄마가 안타까워하는 모습을 상상했던 것이다. 솔직히 설리는 거짓말 한 자신이 미웠단다. 엄마에게 미안했었단다.

설리는 마음을 열고 설명했다.

"시험을 잘 보면 엄마 아빠가 너무 좋아하잖아. 그래서 엄마 아빠를 기쁘게 해주고 싶었거든."

아름답기 그지없다. 엄마 아빠를 기쁘게 해주고 싶은 설리의 마음.

나는 설리만 할 때 무슨 생각을 하면서 지냈던가? 잘 기억은 안 나지만 엄마 아빠를 기쁘게 하려던 마음은 크게 없었던 것 같다. 내 기쁨만 중요하게 생각했던 것 같다. 엄마 아빠의 기쁨에는 아

엄마 아빠에게 행복을 안겨주려는
어린 설리의 삶은, 정직하려 애쓰는
내 딸의 삶은 적지 않은 도전이 된다.
그리고 깨닫게 해준다.
어린아이 같은 순수한 마음 하나만으로도
우리는 충분히 행복할 수 있다는 사실을

랑곳하지 않고 말이다. 설리를 보며 한없이 부끄러움을 느낀다.

설리는 자신의 잘못을 뉘우칠 줄 알았다. 잘못을 인정할 줄도 알았다. 그런 용기가 어린아이의 마음에 깃들어 있었다는 게 참으로 놀랍기만 하다.

나는 언제쯤 설리처럼 살게 될까. 엄마 아빠에게 행복을 안겨주려는 어린 설리의 삶은, 정직하려 애쓰는 설리의 삶은 적지 않은 도전이 된다.

그리고 깨닫게 해준다. 어린아이 같은 순수한 마음 하나만으로도 우리는 충분히 행복할 수 있다는 사실을.

행복은 멀리 있는 것이 아니다.

그냥

12월의 마지막 밤, 교회에 모임이 있었다. 그 모임에서 10분 간 '칭찬 릴레이'를 하는 순서가 있었다. 칭찬을 받은 사람이 또 다른 사람을 칭찬해주는, 아름다운 의식이었다.

아이들을 가르치는 선생님 한 분이 칭찬 폭격을 받은 뒤에 자신이 가르치는 학생 한 명을 칭찬하고 싶다고 했다. 그 학생의 이름은 승주였다. 승주는 무대 위로 올라가 선생님의 칭찬을 받았다.

이제 승주가 다른 사람을 칭찬해야 할 차례였다. 승주에게는 칭찬 대상을 선택해야 되는 숙제가 안겨졌다. 그런데 어쩐 일인지 승주가 난처해했다. 2분 동안 침묵하고만 있었다. 마치 20분처럼 길게 느껴졌던 그 침묵 끝에 승주는 멋쩍은 표정을 지었다. 그러고는 작은 목소리로 말했다.

"엄마."

승주가 입을 열기만을 기다리고 있던 사람들이 일제히 박수를 보냈다.

문제는 무대에서 내려오기 전에 칭찬하는 이유를 설명해야 되는 관문이 남아 있다는 점이었다. 승주는 또 한 번 머뭇거렸다. 그러자 누군가 객석에서 승주를 향해 큰 목소리로 외치는 게 아닌가.

"엄마를 왜 칭찬하고 싶은 건데?"

한참을 우두커니 서 있던 승주는 그제야 침묵을 깨고 당당하게 대답했다.

"그냥!"

그냥, 그냥, 그냥. 승주는 그냥 엄마를 칭찬하고 싶었던 것이다.

엄마란 존재에 대해 굳이 칭찬해야 할 이유를 달지 않아도, 엄마는 '엄마'라는 사실만으로도 칭찬받기에 마땅하다. 그러므로 승주의 '칭찬 이유'에는 이견을 달 수 없다. 다른 설명이 불필요하다. 오히려 부자연스럽다.

그냥.

승주에게 엄마를 칭찬해주고 싶은 이유는 그것 한 가지밖에 없었던 것이다. 어쩌면 가장 잘 어울리는 이유일 것이다.

그냥.

사랑하면 이 한마디로 충분하다.

행복은 멀리 있는 것이 아니다.

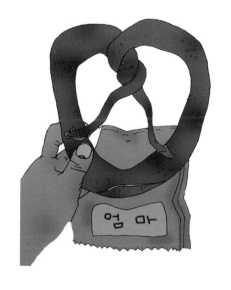

엄마란 존재에 대해
굳이 칭찬해야 할 이유를 달지 않아도,
엄마는 '엄마'라는 사실만으로도
칭찬받기에 마땅하다.
그러므로 승주의 '칭찬 이유'에는 이견을 달 수 없다.

걸리면 다 파는
황다파 할아버지

우연히 OBS의 〈오늘의 세계〉라는 프로그램에 소개된 동영상을 유튜브에서 봤다. 물이 부족한 마을을 위해 반평생을 바쳐 수로를 만든 할아버지에 대한 이야기다. 그 할아버지는 중국 구이저우성의 작은 산골 마을 카오왕바에 사는 황다파 할아버지다.

여든둘의 황다파 할아버지는 뭔가 시작하면 멈출 줄 모르는 열정의 어르신이다. 정말이지 멈출 줄 모른다. 놀랍기만 하다. 그런데 그 열정과 에너지는 자신을 향한 것이 아니라, 주변과 이웃을 향한 것이다. 그래서 아름답기 그지없다.

카오왕바 마을은 험준한 산악 지역으로, 물이 제대로 공급되지 않아 주민들이 큰 불편을 겪었다. 보다 못한 황다파 할아버지는 몸소 삽과 곡괭이를 들고 산을 깎기 시작했다. 그야말로 맨땅에 헤딩을 한 것이다. 할아버지가 산을 깎아낼 것이라 아무도 믿지 않았다. 노인네가 망령이 들었다며 염려하는 사람들도 있었다.

할아버지는 말했다.

"댐에 물이 없어서 수로를 만들기 시작했어요. 첫 시도는 실패했고, 두 번째 도전을 했죠. 물이 부족한 마을을 위해 꼭 해내겠다고 다짐했어요."

할아버지는 포기하지 않았다. 그렇게 흐른 세월이 어느덧 36년. 황다파 할아버지의 손에 3개의 산봉우리와 10개의 언덕을 지나는 약 7,200미터의 초대형 수로가 만들어지고 말았다.

46세에 시작한 일이 82세에 끝난 것이다. 지난 36년은 그야말로 집념의 세월이었다. 할아버지는 참으로 행복해 보였다. 위대한 일을 해낸 사람이 어찌 행복하지 않을 수 있겠는가.

할아버지의 이름도 한국식으로 풀이하면 재미가 있다. '다파', 이름이 '다 파'다. 그래서 산을 다 파낸 모양이다.

농담을 섞어 말하면 황다파 할아버지는 정말 눈에 뵈는 게 없었다. 꽁꽁 얼어붙은 땅이든, 돌산이든, 자신의 계획을 가로막는 장애물은 어떤 것이든 다 팠다. 그렇게 수로를 만들었다. 자신이 아닌, 남을 위한 길을 만들었다.

참 멋있다. 그리고 아름답다.

행복은 멀리 있는 것이 아니다.

선생님을 뒤집어놓은 숙제

가현이는 아직 초등학교를 다니지 않을 나이에 엄마 아빠를 따라 영국으로 이사를 갔다. 엄마 아빠가 유학길에 오른 것이다. 영국은 영어권이다. 가현이도 열심히 영어 공부를 했고, 3~4년이 되다 보니 솜씨가 늘었다. 그러던 어느 날 엄마 아빠는 공부를 마치고 귀국을 결심했다. 가현이도 한국으로 돌아왔다. 나는 그때 가현이를 처음 만났다.

오래지 않아 초등학교에 입학한 가현이 이야기를 가현이 부모님으로부터 듣게 되었다. 선생님이 숙제를 내주었는데, 가현이에겐 쉽지 않았나 보다. 그래도 숙제인 만큼 최선을 다했다. 숙제는 책가방 안에 있는 물건을 하나씩 꺼내서 그 물건들이 어떻게 친구에게 위험을 끼칠 수 있는지 공책에 적어 오는 것이었다. 가현이는 나름 열심히 숙제를 했고, 다음 날 선생님에게 숙제를 제출했다.

물건 1 : 연필　친구의 눈을 찌를 수 있다.

물건 2 : 자　친구의 눈을 찌를 수 있다.

물건 3 : 공책　친구의 눈을 찌를 수 있다.

선생님이 깜짝 놀란 것은 바로 그다음에 이어진 문구였다. 선생님은 그 문구를 읽는 순간 완전히 뒤집어졌다고 한다.

물건 4 : 풀　친구의 눈을 붙일 수 있다.

정말 그럴싸하다. 순진무구한 아이들은 어른들에게 참으로 많은 행복감을 안겨준다. 날마다 한 보따리씩 선물해주는 것 같다.

행복은 멀리 있는 것이 아니다.

김치국은 죄가 없다

나는 혼혈이라는 이유로 적지 않은 놀림을 받으며 어린 시절을 보냈다. 그런데 최근에 어떤 교수님을 한 분 만났다. 그분 이름은 '김치국'. '엄청 놀림을 받았겠구나!' 하는 생각이 대번에 들었다. 그분에게는 죄송한 말씀이지만 왠지 모를 위안이 되었다.

김치국 교수님은 누님도 둘 있단다.

큰누님의 이름은 '김치다'.

작은누님의 이름은 '김치네'.

아이들이 무슨 죄가 있다고 이렇게 이름을 함부로 지었을까 싶었다. 내가 판사라면 교수님의 부모님께 벌금이라도 매기고 싶었다.

그런데 교수님의 설명을 듣고 나는 고개를 끄덕일 수 있었다. 교수님과 누님들의 이름에는 아버님의 깊은 뜻이 담겨 있었던 것이다. 한국 사람들의 식탁에 없어서는 안 되는 반찬이 '김치'인

이름이 뭐가 중요한가.
세상에 필요한 존재로 사는 게 중요하지.
이름값 하며 사는 게 중요하지.
김치국 교수님을 만난 나는
세상에 꼭 필요한 사람이 되기로 다짐했다.
김치처럼.

것처럼, 교수님의 아버님은 자녀들이 사회에서 꼭 필요한 존재가 되기를 바랐다. 그 바람을 담아 이름을 지었던 것이다.

설명을 듣고 나니, 이상하게만 느껴졌던 이름이 갑자기 아름답기 그지없게 다가왔다.

이름이 뭐가 중요한가. 세상에 필요한 존재로 사는 게 중요하지. 이름값 하며 사는 게 중요하지. 김치국 교수님을 만난 나는 세상에 꼭 필요한 사람이 되기로 다짐했다. 김치처럼.

행복은 멀리 있는 것이 아니다.

할머니의 별일

연세 지긋하신 할머니가 오랜만에 동창회를 다녀오셨다. 그런데 표정이 언짢아 보인다. 할아버지는 아내의 얼굴색이 안 좋은 이유가 자못 궁금하다.

"뭔 일 있었수?"

그러자 할머니는 아무 일도 없었다는 듯이 덤덤히 대답한다.

"별일 아니에유."

'별일이 아니라? 별일이 아니라?'

할아버지는 더 궁금해진다. 그래서 캐묻기 시작한다. 할머니의 얼굴에 '별일이 아닌 게 아니다'라고 쓰여 있기 때문에 그냥 넘어갈 수가 없다.

할아버지는 다시 재촉한다.

"별일 아니긴! 무슨 일 있었구만 그려. 어서 말 좀 해봐. 괜찮으니께."

그러자 할머니가 귀찮다는 듯이 버럭 화를 낸다.

"아, 글쎄 별일 아니라니께!"

그래도 할아버지는 물러서지 않는다.

"아니, 당신만 다이아 반지가 없어, 밍크가 없어? 도대체 동창 모임에서 뭔 일이 있었길래 그려?"

급기야 할머니는 한숨을 크게 내쉬며 가슴을 친다.

"아, 글쎄! 나만 아직 남편이 살아 있슈."

할아버지의 표정이 어떻게 변했을까?

앞으로 나도 아내에게 질문을 잘해야겠다. ㅋㅋ

오늘도 한껏 웃을 수 있다면, 그것만으로도 우리는 충분히 행복하다.

행복은 멀리 있는 것이 아니다.

의사도 아니면서

한 남자가 병원에 급하게 실려 왔다. 아내는 복도에 앉아 초조하게 의사의 진단을 기다렸다. 아내는 초긴장 상태다. 충격적인 소식을 전해 듣게 될지도 모르기 때문이다. 그렇게 몇 시간이 지나갔다. 마침내 응급실에서 나온 의사가 아내를 불렀다.

"사모님, 죄송합니다."

"죄송하다니요?"

"남편분은 운명하셨습니다."

그 소식을 듣고 아내는 훌쩍훌쩍 눈물을 흘리다가 통곡하기 시작했다. 그렇게 눈물을 뿌리며 남편의 주검을 확인하기 위해 응급실로 자리를 옮겼다.

그런데 웬걸? 남편이 이불 속에서 꿈틀거리는 것 아닌가? 놀란 아내가 이불을 확 젖혔다. 죽은 줄만 알았던 남편이 낮은 목소리로 말했다.

"여보……. 나 아직 안 죽었어."

그런데 갑자기 아내가 다시 이불을 휙 덮어버렸다.

"당신이 뭘 안다고 그래? 의사도 아니면서!"

오직 한 가지 생각만 뇌리를 스친다.

'역시 평소에 잘해야 되겠구나!'

평소에 잘하는 게 행복한 거다.

행복은 멀리 있는 것이 아니다.

'역시 평소에 잘해야 되겠구나!'
평소에 잘하는 게 행복한 거다.

잃어도 되는 것과
안 되는 것

우리는 잃어버린 물건을 찾는 데 하루에 평균적으로 10분을 소요한다고 한다.

성인이 된 이후 약 3,680시간이란다. 날짜로 계산하면 약 153일, 횟수로 따지면 하루에 약 9번 정도 일어나는 일이라고 한다. 사람에 따라 다르긴 하겠지만.

그런데 약 75퍼센트의 물건은 결국 찾는다고 한다. 네 개를 잃어버리면 그중에 세 개는 찾는다. 여기서 허탈함을 안겨주는 사실이 하나 있다. 그 75퍼센트의 물건은 거의 다 집에서 찾아낸다는 것이다. 어떤 의미에서는 사실 잃어버린 것도 아닌 셈이다. 적어도 75퍼센트는.

어쩌면 물건을 잃어버리는 것이 삶에 큰 영향을 미치지 않을 수도 있다. 꿈과 소망, 가치를 잃어버리는 것만큼 그것이 심각할까? 살면서 어쩔 수 없이 잃어버리는 것들도 있겠지만, 절대 잃어버려서는 안 되는 것들도 분명 있는 듯하다.

행복은 멀리 있는 것이 아니다.

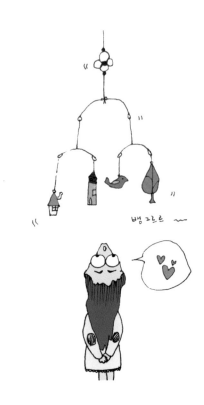

고물은 보물

운전하던 중 앞에 달려가는 작은 트럭 뒤에 새겨져 있는 문구를 우연히 보게 됐다.

"고물의 모든 것 사고팝니다."

어디에서나 볼 수 있을 법한 평범한 문구이지만 왠지 내 가슴한 구석을 파고들었다.

문구 밑에는 핸드폰 번호까지 큼지막한 글씨로 보기 좋게 새겨져 있었다. 그렇다고 전화번호를 메모한 것은 아니다. 개인적으로 고물에 관심도 없고, 딱히 사고팔 만한 물건도 없었기 때문이다.

내 가슴을 파고든 것은 고물 장수 아저씨의 마음이다.

내 생각에 아저씨는 고물을 사고파는 일에 목숨을 건 듯 보였다. 고물의 '모든 것'을 사고팔겠다는 말에 그런 의지가 비쳤다.

'고물이면 무조건 좋다는 거야. 고물의 상태도 안 따지고, 고물

고물을 고물 대접하는 고물 장수 아저씨의 마음에 숙연해졌다.
과연 나는 어떤 사물을 사물 그대로 대한 적이 있는가?
사람을 사람으로 대하며 살고 있는가?
자신 있게 대답하기 어려웠다.

의 내용도 관계없다는 거야.'

아저씨의 분명함이 맘에 들었다.

아저씨는 고물을 고물로 대접할 줄 아는 사람이었다. 고물로 행복을 누릴 줄 아는 현자였다.

'아저씨에게 고물은 돈이 되니까. 고물은 빵이고 밥이니까. 그러니 고물은 보물이나 마찬가지겠지.'

고물을 고물 대접하는 고물 장수 아저씨의 마음에 숙연해졌다. 과연 나는 어떤 사물을 사물 그대로 대한 적이 있는가? 사람을 사람으로 대하며 살고 있는가? 자신 있게 대답하기 어려웠다.

행복은 멀리 있는 것이 아니다.

평생 늙지 않는 연구소

서울 중구 남산 밑에 자리 잡은 연구소가 하나 있다. 연구소의 이름은 '평생 늙지 않는 연구소'다. 이런 연구소는 처음이다. 정말 늙지 않을 수 있는 건지, 그것도 의문이다.

늙지 않을 수 있다는 가능성을 믿는 사람들이 있기에 이런 연구소가 존재하는 것은 아닐까? 그 의문을 떠나서 평생 늙지 않는 것이 과연 좋은 것인지도 솔직히 잘 모르겠다.

나는 택시를 타고 지나가면서 그 연구소의 상호를 보고 얼른 사진을 찍어 두었다. 평생 늙지 않는 연구소에 전화를 하거나 찾아갈 마음이 있어서는 아니었다. 그냥 신기해서 그랬다.

확실히는 몰라도 나는 평생 늙지 않을 마음은 없는 것 같다. 아니 그런 마음이 들지 않았으면 좋겠다.

그냥 이대로 살 수 있는 것도 감사한 일 아닌가. 늙지 않겠다는 집착은 자칫 실망을 안기거나 후회를 남길 수도 있다.

오늘에 감사할 수 있고,
오늘에 만족할 수 있고,
오늘에 기뻐할 수 있다면 충분하지 않은가.

오늘에 감사할 수 있고,

오늘에 만족할 수 있고,

오늘에 기뻐할 수 있다면 충분하지 않은가.

행복은 멀리 있는 것이 아니다.

호모 사케르

호모 사케르는 기분 나쁜 단어다. 사람을 멸시하고 폄하하는 말로 느껴진다.

호모 사케르를 우리말로 번역하면 '잉여 인간'이란 뜻이다. 즉, 남아도는, 잊힌, 사회에서 버림받은, 존재감 없는, 쓰레기 같은, 그런 사람을 가리킨다.

그런데 과연 사람이 사람을 그렇게 부를 수 있는 걸까? 그렇게 불러도 괜찮은 걸까? 그럴 자격이나 있는 걸까? 어떤 이유에서든 말이다.

어느 추운 겨울 아침, 서부역에서 택시를 기다리던 때가 기억난다. 내 바로 뒤에는 삼십대 후반의 아주머니가 어린아이 둘을 데리고 택시를 기다리고 있었다. 마침 구걸하는 노숙인이 지나갔다. 아주머니의 어린 딸이 질문을 던졌다.

"엄마! 저 아저씨 저기서 왜 저러구 있어?"

엄마의 대답이 놀라웠다.

"너희도 공부 열심히 안 하면 저렇게 되는 거야."

그 말을 듣고 너무 당황스러웠다. 아이가 궁금한 건 그게 아닐 텐데…… 본질은 그게 아닌데……. 그 엄마는 어떤 학습 효과를 기대하는 것일까? 지금 생각해보면 그때 아무 참견을 하지 않은 것이 후회가 된다.

아이 엄마는 그 노숙인과 대화 한번 제대로 해보지 않았을 것이다. 그런데 그 노숙인이 공부를 열심히 안 했다고 어떻게 장담할 수 있단 말인가. 참 어처구니없었다. 그리고 마음 아팠다. 어쩌면 그 젊은 엄마는 노숙인을 호모 사케르로 단정 지었는지도 모른다.

우리의 눈이 열려야겠다. 사람 대접 받지 못하는 사람들이 눈에 밟혀야겠다. 버림받은 사람들이 우리의 가슴에 담겨야겠다. 이웃을 이웃으로 볼 수 있어야겠다. 그래야 살 만한 세상이 될 테니까. 그래야 사람이 행복해질 테니까.

행복은 멀리 있는 것이 아니다.

Life is short.
Eat dessert first.

나는 영어 단어를 주로 엄마한테 배웠다. 엄마는 사막이란 단어와 후식이란 단어가 비슷하기에 혼동하기 쉽다고 했다. 그런데 그 차이를 쉽게 구별할 수 있는 방법이 있다고 일러주셨는데, 정말 기발했다. 사막은 견디기 힘든 곳이니 's'가 한 번만 있고, 디저트는 먹고 또 먹는 것이니까 's'가 두 번 들어간다는 것이다.

엄마는 덤으로 삶의 지혜까지 일러주었다.

"인생은 짧기 때문에 후식을 먼저 먹어."

아리까리하고 알쏭달쏭한 말이었다.

아무리 생각해도 말이 좀 안 되는 것 같긴 하다. 후식은 누가 봐도 나중에 먹는 것이니까. 그런데 재미는 있다. 적어도 인생이 짧다는 생각을 할 수 있는 기회를 제공해주는 말이니까.

밥 먹은 뒤의 후식처럼, 우리에게 두 배의 행복을 주는 것이 또 있을까?

행복은 멀리 있는 것이 아니다.

나이 먹은 사람의 계절

예전에는

봄이 오면 꽃가루 때문에 싫었다.

여름이 오면 덥다고 짜증을 냈다.

가을이 오면 쓸쓸하다고 불평했다.

겨울이 오면 추워서 불편했다.

이제는

봄철엔 봄이라서 좋다.

여름은 여름이라 좋다.

가을은 가을이라 좋다.

겨울은 겨울이라 좋다.

나도 이제 나이를 먹은 것일까.

이제는
봄철엔 봄이라서 좋다.
여름은 여름이라 좋다.
가을은 가을이라 좋다.
겨울은 겨울이라 좋다.

행복은 멀리 있는 것이 아니다.

인간

영국의 시인 오든W. H. Auden 은 말했다. 인간은 최소한 세 가지 면에서 다른 종족들과는 다르다고.

인간은:
1. 일하고
2. 웃고
3. 기도하는
유일한 존재다.

그렇다.

일할 수 있고, 웃을 수 있고, 기도할 수 있다는 것만으로도 우리는 충분히 행복할 수 있다.

일할 수 있고,
웃을 수 있고,
기도할 수 있다는 것만으로도
우리는 충분히 행복할 수 있다.

행복은 멀리 있는 것이 아니다.

깜짝쇼

유학 시절에 신세를 진 어르신이 계시다.

오래전 홀로되신 미국인 할머니 미스 헬렌Ms. Helen이란 분이다.

할머니는 남편을 잃은 후 피아노를 가르치며 생활을 이어갔다.

난 우연한 계기로 그분을 만나 적잖은 사랑을 받게 되었다.

미국에서 공부를 마치고 한국으로 향하기 전에 신세진 분들을 찾아가 인사를 드리고 싶었는데, 그중에 한 분이 바로 미스 헬렌이었다.

아내와 함께 페어뷰 너싱 홈Fairview Nursing Home이란 양로원을 찾아갔다.

시카고에서 약 12시간 운전해서 간 것 같다.

물론 깜짝 방문이었다(그런데 사실은 우리가 깜짝 놀라게 된다).

빈손으로 가기가 뭐해서 양로원 가까이에서 꽃을 사기로 했다.

빨간색 장미 12송이를 샀다.

거금 80달러가 들었지만, 내가 받은 사랑에 비하면 아무것도 아니었다.

할머니는 엄청 좋아하셨다.

새로운 장난감을 받은 어린아이 같았다고 할까?

짧은 인사를 나눈 뒤 할머니는 잠깐만 기다리라고 말씀하셨다.

그러고는 잠시 후 방을 나온 할머니는 양로원 투어를 시켜주셨다.

식당.

손님맞이방.

휴게실.

채플.

뒷마당.

약 15분간의 양로원 관광을 마치고 방으로 돌아와 보니, 할머니 방에 있던 장미가 모두 사라졌다. 그래서 어떻게 된 거냐고 여쭈었다.

할머니는 우리 부부가 밖에서 잠깐 기다리는 사이 양로원 직원에게 전화를 한 것이었다. 그 직원에게 부탁해서 우리가 양로원 투어를 하는 동안 할머니와 같은 층에 사는 다른 할머니들에게 꽃을 한 송이씩 나누어주라고 한 것이다.

우리 허락도 없이!

거금을 들여서 산 장미꽃 12송이를!

깡그리……

12명의 이름 모를 미국인 할머니들에게.

그중에 한 명인 어느 할머니가 복도에 나와 우리를 향해 꽃 한 송이를 흔들며 환한 인사를 건넸다.

미스 헬렌 할머니는 미안해하시는 눈치였다. 과자를 훔치다 들킨 어린 아이처럼 말이다. 할머니는 설명하셨다.

"난 너희들이 선물해준 장미를 보는 것만으로도 충분히 행복해. 근데 여기 사는 대부분의 할머니들은 나보다 더 외로운 분들이거든. 그래서 그 장미꽃을 나보다 더 필요로 할 것 같았어."

우리는 눈물을 흘리며 할머니와 마지막 인사를 나누고 주차장을 나섰다.

할머니를 위한 깜짝 방문은 결국 우리 내외를 위한 깜짝 방문이 되고 말았다.

할머니는 그 뒤로 얼마 지나지 않아 세상을 떠나셨다.

하지만 그날 할머니의 장미꽃 이벤트는 오랫동안 잊히지 않을 것 같다.

행복은 그런 거다.

다른 사람에게 장미꽃 한 송이를 전해주는 것.

행복은 멀리 있는 것이 아니다.

소확행

요즘은 신조어가 참 많다. 신조어 사전까지 만들어지는 시대이니, 말을 다시 배워야 될 것 같은 느낌마저 든다.

신조어 중에 재미있는 단어들도 참 많다. 이 책이 행복에 대한 기록이니, 행복과 관련된 단어 하나만 소개하고 싶다.

소확행 = 소소하고 확실한 행복

일상에서의 행복을 의미하는 말로, 젊은이들 사이에 최근 유행하는 신조어다.

그럴듯하다.

아무리 작고 소소해도, 그 속에서 누리게 되는 확실한 행복이 우리에게는 있다.

대단하지 않아도 좋다.

거창하지 않아도 좋다.

아무리 작고 소소해도, 자신에겐 특별할 수 있으니까.

내가 아는 페친(페이스북 친구) 중에는 '소확행' 노트까지 제작해서 판매를 하기도 한다. 멋진 장사다. 일상에서 경험하는 작은 행복을 잊지 말자는 취지에서 제작한 게 아닐까 싶다. '구름 책방'과 '카페 조각구름'에서 구입이 가능하단다. 둘 다 처음 들어본다. 어디에 있는 곳인지도 모르겠다. 그냥 페이스북에서 봤다.

하지만 나도 한 권 사봐야겠다.

꼭.

지그시 눈을 감고 잠시만 생각해보자. 오늘도 자신만의 소소하고 확실한 행복을 가까이에서 찾을 수 있을지도 모른다.

행복은 멀리 있는 것이 아니다.

조폭 덕분에

결혼사진을 찍었다. 모아놓은 돈도 없었지만 사진작가에게 비싼 돈까지 지불했다. 그런데 웬걸? 사진작가가 부도를 내는 바람에 여기 저기 숨어 다니느라 연락도 안 되고 행방불명이 되어버렸다. 우리 결혼사진 필름을 갖고 말이다. 이게 웬 김밥 옆구리 터지는 일인가? 도망갈 거라면 필름이라도 두고 가지.

우리가 결혼했을 당시에는 디카보다 거의 필름 카메라를 사용했다. 그게 대세였다. 요즘처럼 스마트폰으로 사진을 찍는 것은 상상조차 할 수 없었던 때였다. 문제는 결혼식에 오지 못한 친구들에게나 친지에게 사진을 보여주고 싶어도 방법이 없어 완전 난감했다.

결혼식은 물론, 식 전후에 찍은 야외 사진 등등, 그 어떤 증거물도 보여줄 수 없는 신세였다. "니들 결혼한 거 맞어?"라고 의문을 제기해도 달리 할 말이 없었던 것이다. "살다 보면 이런 일도 만나나?" 하며 한참 동안 신세타령을 했다.

이런 일은 처음인지라 아내도 맨붕, 나도 맨붕이었다. 서로 어찌할 바를 모르고 있었다. 결혼에는 성공했으니 상관없다고 할 수도 있겠지만, 사진 없는 결혼식이 되고 나니 마음 한구석이 싸하고 허전했다.

그때 지인이 찾아와 엄청난 소식을 건네주었다. 사진작가의 이름과 폰 번호만 알면 그 사람을 찾아낼 수 있다는 정보였다. 듣던 중 반가운 소식이었다.

너무 반가운 나머지 "어떻게 찾아요?" 물어보았다. 돌아온 답은 생각보다 날카롭고 단순했다. "조폭을 동원하면 된다"고 했다. 난 하도 어이가 없어 "에이~" 하면서 사람 놀리지 말라고 했더니, 나보고 두고 보라는 것 아닌가?

그날 그 지인은 사진작가의 이름과 폰 번호만 갖고 내 앞에서 사라져버렸다. 솔직히 별 기대를 하지 않았다.

그런데 놀랍게도, 약 일주일 뒤에 드디어 필름을 빼앗아왔다고 연락이 왔다. 어떻게 빼앗아왔는지는 아예 묻지도 않았다.

결국 필름을 다른 사진작가에게 전해주었는데, 우리의 자초지종을 듣더니 어이없다는 눈빛으로 나를 바라보며 우리 부부를 위해 멋진 앨범을 무료로 만들어주겠다고 했다. 세상에 이런 일이……. 조폭의 덕을 본 일은 태어나서 처음이었다. 내가 조폭에게 고마움을 느낀 것은 처음이었다. 아마 앞으로도 이런 경험은 없을 것 같다.

그렇다고 고맙다는 표현을 할 방법도 없었다. 누구라고 구체적으로 밝히지 않았으니 말이다. 물어보기도 이상하고 말이다. 아무튼, 무지 고마웠다. 우리도 이제 사진을 보여줄 수 있게 되었으니 말이다. 이 은혜를 어떻게 갚아야 할지 도통 모르겠다.

행복은 멀리 있는 것이 아니다.

행복은 강도보다 빈도가 중요하다. 우리 집엔 자녀가 셋이 있다. 두 명의 딸과 한 명의 아들이 같이 산다.

막내가 초등학교 3학년 때의 일이다. 그날 막내는 잘 아는 아줌마랑 같이 목욕을 갔다 왔다. 이후 온 가족이 저녁식사를 하게 되었다. 식사 기도를 하려던 참에 막내가 갑자기 입을 열었다.

"엄마, 아줌마는 다른 아줌마들보다 나이가 많으신데, 왜 다른 아줌마들처럼 가슴이 축 처지지 않은 거야?"

우리 모두 어이가 없어 막내를 우두커니 바라보기만 했다. 아내가 급하게 설명을 하려 들었다.

"그건 다른 엄마들이 아마 모유를 먹여서 그럴 거야. 너도 나중에 결혼해서 네 아기한테 모유 먹여봐. 가슴이 어떻게 되는지."

아이는 뭔가 부족한 것 같았는지 부연 설명을 더 하려고 했다. 그때 중딩 언니가 답답하다는 듯 끼어들었다.

"야, 그건 그 아줌마가 수술해서 그런 걸 수도 있어."

막내가 눈을 동그랗게 뜨며 언니에게 물었다.

"무슨 수술?"

이쯤 되니까 왠지 대화의 흐름이 이상해지는 느낌이었다. 가장인 내가 수습에 나서야만 될 것 같았다.

"야야야! 우리 아까 기도하려던 참이었잖아. 쓸데없는 얘기 그만하구 얼른 식사 기도 하자. 밥 좀 먹게!"

그때 갑자기 둘째 사내 녀석이 툭 치고 나왔다.

"아빠 혼자 기도하면 되잖아. 우린 재밌는데?"

참 어처구니가 없었다.

하지만 가족과의 대화가 늘 영양가 넘칠 수만은 없다. 같이 이야기 나눈다는 자체가 행복이다. 대화가 끊긴 가정은 삭막한 사막이나 다름없다.

돈이 많다고 더 행복한 것도 아니고, 가난하다고 해서 반드시 더 불행한 것도 아니다. 행복은 돈의 문제라기보다는 마음의 문제 같다. 또한 환경의 문제라기보다는 가치관의 문제라고 할 수 있지 않을까? 행복은 그래서 강도보다 빈도가 중요하다.

작은 것에서 행복을 발견하는 것, 그것이 중요하다. 오늘 밥을 먹을 수 있는 것에서 기쁨을, 오늘 마시는 커피 한잔에서 감사를,

오늘 만날 수 있는 가족에게서 사랑을 느끼자. 행복하고 싶다면.

행복이란 말을 생각하면, 무언가를 잔뜩 가슴에 품고 감격하는 모습을 떠올릴 수 있다. 그것도 아니면, 대단한 일을 이루게 되는 순간이나, 새로운 물건(스마트폰 같은?)을 소유했을 때 느낄 수 있는 감정이라고 생각할 수도 있을 것 같다.

하지만 어쩌면 소유가 아니라, 무엇이 소중한지 아는 것이 행복의 첫걸음이라 생각해본다. 누구나 더 소유하면 행복해질 것으로 착각하며 더 얻으려 계획하고 노력할 수 있다. 그러나 행복을 위해 더 소유하려 하기보다는 이미 가지고 있는 행복을 놓치지 않는 노력이 더 값질 수 있다.

행복은 멀리 있는 것이 아니다.

행복에 관한 다른 책들

행복에 대한 책 몇 권을 추천하는 것으로 마무리할까 합니다. 저의 글을 여기까지 읽어주셔서 감사드립니다. 무엇보다 행복은 결코 멀리 있지 않다는 것을 늘 기억해주시면 좋겠어요.

자동차를 운전하면 좌우로 있는 '사이드미러'가 있죠. 자세히 봐야만 보이는 작은 글씨로 거울의 하단에 무슨 말이 적혀 있나요?

"거울에 보이는 물체는 보기보다 가까이에 있습니다."

'보기보다 가까이에.' 행복이란 바로 그런 것 같습니다. 그래서 어쩌면 놓치기 쉽습니다.

저의 글 속에 행복의 비결이나 비밀이 모두 들어 있는 것도 아니기에 나만의 방식으로 행복을 찾아가면 됩니다. 행복이 책에서만 얻어지는 것은 물론 아니지만, 행복이란 주제를 다룬 책 몇 권을 간략히 소개해드립니다.

《백년을 살아보니》

이 책은 이 세상에서 백년 가까이 살아온 연세대학교 명예 교수,
김형석 선생님의 글이다. 철학 교수로서 특별히 누구 못지않게 노
년의 삶에 대해서, 돈과 성공 그리고 명예에 대해서, 우정과 종교
에 대해서, 결혼과 가정에 대해서, 그리고 행복에 대해서 고뇌하
신 분이라고 여겨진다.

특별히 이 책을 추천드리는 이유는, 전체 5부 중 가장 먼저 '행복
론'에 관한 내용을 다루기 때문이다. 김형석 선생님의 다른 책도
읽어보았고 강연도 직접 들어보았는데, 그 내용이 너무 좋다. 우
리나라의 어르신이 생각하시는 행복은 과연 어떤 것인지, 읽어보
면 알 수 있고, 행복을 찾는 데 많은 도움이 될 것이다.

《예수 믿으면 행복해질까》

《연탄길》로 유명한 이철환 작가의 책으로 글과 그림이 함께 어우
러진 책이다. 이 책 역시 '행복'을 주제로 하고 있지만 저자는 인
생의 '벼랑 끝'이 어떤 것인지 체험적으로 알기 때문에 삶의 행복
또한 어떤 것인지 알고 있다고 하겠다.

신앙의 눈으로 '행복'을 바라보는 부분도 있지만 종교의 유무와
관계없이 행복을 생각해볼 수 있다. 사실 작가는 프롤로그에서 말
하길 "형편없는 믿음을 가진 자의 신앙 고백"이라고 한다. 이철환

작가의 책 중에는 《행복한 고물상》도 있다.

《행복 스트레스》

이 책의 저자 탁석산 선생님은 행복이라는 말은 서양에서 200년, 동양에서도 150년 정도밖에 되지 않았다고 한다. 그 이전에 사용한 행복은 신의 은총이나 운 등과 같은 의미로 인간의 힘으로는 어떻게 할 수 없는 것을 의미했다고 한다. 저자는 우리 사회가 행복 스트레스에 빠져 있다는 것을 비판적인 관점에서 보고 있다.

《행복시소》

이 책의 저자 이병준 선생님은 책의 서두에서 한강의 기적을 이룬 나라가 이제는 한탄을 말하는 나라가 되었다고 하면서 행복하지 못한 이유, 그리고 무기력한 이유는 생존(앎)을 위한 교육만 받았지 관계(삶)를 위한 교육을 받지 못했기 때문이라고 한다. 똑똑해지긴 했지만 어떻게 살아야 할지에 대한 물음 앞에서 답이 없는 존재가 되었다는 것이다. 그만큼 우리는 단순해지고 획일화되었다는 지적이다.

결국 인간이 살아가는 데 꼭 필요한 세 가지, 행복과 관계, 그리고 성공을 말한다. 그중에서도 행복은 '시소 원리'가 적용된다고 하면서, 시시하고 소소한 것에서(시소) 누구나 쉽게 찾을 수 있는 주관적 만족감이라고 한다. 결국 기준을 낮추면 행복이 높아지고 기준을 높이면 행복이 낮아진다는 것이다.

설득력이 있고 공감이 가는 말이다. 이병준 선생님은 책의 〈나가는 말〉에서 이런 이야길 한다. 요즘 '소확행'이란 유행어가 있다고. 그 뜻이 흥미롭다. "소소하지만 확실한 행복을 찾아 누린다." 그렇다. 어찌 보면 행복이란 그렇게 대단한 것이 아니다.

《행복에 대한 거의 모든 것들》

이 책의 저자는 스튜어트 매크리다. 이 책은 3,000여 년의 역사 속에서 사람이 행복하기 위해 추구하고 탐구한 것들을 소개하는데, 거기에는 과학, 종교, 그리고 철학도 포함된다. 저자는 책에서 "주위 환경에서 행복에 가장 지속적인 영향을 미치는 요인은 결국 자기 자신"이라고 하면서 "남과 좋은 관계를 맺고, 자신의 일에 흥미를 느끼고, 여가에 정말로 만족스러운 일을 하면 더 행복해진다"고 한다.

《행복의 비밀》

이 책의 저자인 조지 베일런트 교수는 행복의 비밀 중 하나는 인간은 평생 변하고 성장하는 존재이기 때문에 우리가 행복할 수 있는가는 결국 우리가 어떻게 변하고 성장할 것인가에 달려 있다고 한다. 이 책에는 하버드 대학교 성인 발달 연구를 위해 선정된 268명의 인생 이야기가 농축되어 있다.

힐링과 행복이라는 단어들이 요즘의 '트렌드'처럼 느껴진다. 그만큼 우리 사회가 행복하지 않다는 것일까?